Courzgeschichten vom Meer

Alexander Courz

Courzgeschichten vom Meer

von Alexander Courz

Coverdesign: Azrael Ap Cwanderay

E-Mail-Adresse des Autors:

alexander.courz@gmx.de

Homepage:

http://alexandercourz.jimdo.com/

ISBN: 9783837002836

Herstellung und Verlag: BoD – Books on Demand, Norderstedt

Abbildungen: Alexander Courz

Courzgeschichten vom Meer

Alexander Courz

Für Elke

Die Courzgeschichten

Stürmischer Atlantik vor der Insel Ouessant

Atlantische Untiefen

Donnerstag, 28. Mai 1896
Kapstadt

Am Hafen herrschte reges Treiben. Fuhrwerke wurden beladen mit Säcken, Fässern, Kisten. Lärm erfüllte die Szenerie, Lärm von den Aufsehern, die die schwer beladenen Lastenträger über waghalsig gelegte Bretter auf die Schiffe trieben. Die großen, sperrigen Frachtstücke wurden mit dem Ladegeschirr der Schiffe an Bord gehievt.

Eine elegante, mit zwei Schimmeln bespannte Kutsche, hielt am Kai. John, der Kutscher, reichte Mrs. Reid die Hand und half ihr beim Aussteigen, während ihr Mann Anweisungen für das Gepäck gab. Die Berührung mit dem Kutscher tat ihr gut, tauschten sie in Bruchteilen von Sekunden doch alle Gefühle der letzten Jahre aus.

»John, hilfst du mir auch?«
Elly jauchzte vor Vergnügen, als John sie mit seinen starken Armen herab hob.
»Auf Wiedersehen, mein kleiner Räuber. Du wirst uns allen hier fehlen.«
»Auf Wiedersehen, John!« Die Kleine umklammerte seine Beine. Sie konnte sich nicht von ihm trennen.
»Jetzt musst du gehen, sonst wird deine Mama noch böse.«
»Ich will aber nicht, ich möchte hier blei-

ben.«

Liebevoll spannte John den kleinen Schirm für Elly auf. Sie nahm ihn und stolzierte damit zweimal um ihn herum. »Sie will nicht«, dachte John. »Sie will nicht.«

Spielerisch reichte sie nun John ihre rechte Hand, der sie ergriff und ihr formvollendet einen Handkuss gab.

»Ich bin jetzt eine feine Dame!«, sagte sie vergnügt.

»Jetzt muss die feine Dame aber gehen, sonst fährt das Schiff ohne sie nach England!«

Er begleitete sie raschen Schrittes zu ihren Eltern, die die *Drummond Castle* bereits erreicht hatten. Elly folgte John an der Hand. Nachdem auch ihre Eltern sich von ihm verabschiedet hatten, sah John ihnen nach, wie sie die Gangway entlang liefen und das Schiff betraten.

Captain James Irving saß im Büro der *Empire Mail Steamship Co.*, um letzte Dinge zu besprechen. Er hatte bereits alle Weltmeere befahren und sich für die Stelle auf der *Drummond Castle* beworben.

Die *Empire Mail Steamship Co.* betrieb Postverbindungen zwischen Großbritannien und den Kolonien. Kapstadt war einer der Hauptumschlagplätze der Gesellschaft. Im Büro herrschte ein Kommen und Gehen, wie immer, kurz vor einer Abfahrt. Im Telegrafenbüro konnten die Passagiere letzte Telegramme aufgeben. Geschäftigkeit allenthalben. Für die Passagiere eine letzte Hektik vor der langen Ruhe an Bord.

Beim Betreten des Schiffs streifte man das Hier und Jetzt förmlich von sich ab. Hier herrschten andere Mächte. Die Passagiere gaben ihr Leben in die Hände der Offiziere, der Steuermänner. Und in die Hand des Meeres mit seiner Kraft, seiner Gewalt, seinen Tiefen, und vor allen Dingen seinen Untiefen. Felsen, deren Spitzen unsichtbar unter der Meeresoberfläche lauerten.

Quietschend schwang die große Tür auf und zwei ungepflegte Männer betraten das Büro.

»Johan Durason mein Name, und das hier ist Sven Mathiesen. Wir haben eine Reservierung für die *Drummond Castle*.«

»Wo ist ihr Gepäck?« Der Officer runzelte die Stirn.

»Wir haben so gut wie kein Gepäck, Sir. Das Schicksal hatte uns übel mitgespielt. Wir waren Passagiere auf der *Villura*. Sie wissen, was geschah.«

»Allerdings, Sir, war ja ziemlich dramatisch. Ich kann Ihnen versichern, dass Ihnen Ähnliches auf der *Drummond Castle* nicht widerfährt. Ist das der Grund, Sir, weshalb Sie kein Gepäck haben?«

»Ja.«

»Hier liegen die Tickets für Sie bereit. Wie

Sie wissen, übernimmt die *Empire Mail Steamship Co.* als Verursacher der Havarie der *Villura* die Kosten für Ihre Heimfahrt.«

»Ja, Sir, vielen Dank.«

»Falls Ihnen etwas fehlt, melden Sie sich bitte bei Captain James Irving.« Mit diesen Worten deutete er auf den Captain.

»Die Papiere sind soweit in Ordnung. Bevor ich den Befehl zur Abfahrt gebe, lasse ich die Listen holen, die für das Schiff bestimmt sind. Aber jetzt muss ich an Bord, letzte Kontrollen durchführen, und dann good bye, Kapstadt.« Mit diesen Worten verließ der Captain das Büro eiligen Schrittes.

»Komm jetzt endlich!« Mrs. Reid zischte Elly an. Der Regen hatte in der Zwischenzeit nachgelassen. Das kleine Mädchen war fasziniert von den Kränen, den Fuhrwerken, und den Lokomotiven mit Güterwaggons.

»Elly, komm jetzt.«

»Wo ist Papa?«

»Papa sitzt in der Kabine und liest.«

»Was ist eine Kabine?«

»Die Kabine, mein Schatz, ist der Raum, in dem wir auf dem Schiff schlafen werden.«

»Ach so,« sagte sie und spähte weiter zu den anderen Schiffen hinunter.

John stand immer noch unten am Kai. John, mit all seiner Liebe. Sein muskulöser, schlanker Körperbau, von der harten Arbeit auf der Plantage gestählt. Sein afrikanisches

Gesicht. Sein sanfter, liebevoller Blick. Seine tiefe Bassstimme. Sie dachte an die heimlichen, schönen Stunden mit ihm.

Die wenigen Stunden einer vertrauten, intimen Zweisamkeit. Stunden, nicht nur erregender Sexualität. Diese Stunden standen für mehr. Für etwas, das sie mit ihrem Mann bislang nie hatte. Für ein Verstehen, einen gegenseitigen Respekt, den sie von jemand anderem noch nie erfahren durfte.

Ihr Mann, Sohn aus großbürgerlichem Handelshaus, verwöhnt, erzogen von der Mutter für die schönen Künste. Sein zarter Körper, sein feinfühliger Charakter, sein Schöngeist, seine Schwäche. Aber ihr Mann war ihr bis heute nicht wirklich zugetan. Sie winkte John zu, ihre Augen trafen sich noch einmal. Stille Tränen flossen. Abschied. Für immer? Wer weiß.

Der Abend senkte sich zur Nacht. Die *Drummond Castle* war eine schwimmende Insel des Lichts im dunklen Meer. Kurz nach der Abfahrt hatte der Captain die Segel setzen lassen. Der günstige Wind musste unbedingt ausgenutzt werden. Captain James Irving, der erste und der zweite Offizier, James Burten und Oliver Mason, besprachen die Lage.

»Die Wetterlage ist zu ruhig für diese Jahreszeit. Was ist Ihre Idee, warum sind so wenig an Bord?«

»Ich würde sagen, unsere Geschwindigkeit.

Als Passagier-, Fracht- und Postdampfer sind wir nicht so schnell wie die reinen Passagierschiffe. Mit unserer Sechshundert-PS-Maschine können wir keine fünfzehn Knoten schaffen wie die Schnelldampfer. Die haben zwölftausend PS.«

»Was sollten wir also tun?«

»Wir sollten uns überlegen, Meeresströmungen auszunutzen.«

»Sie wissen, dass solche Experimente fatal enden können.« Mason zündete sich eine Zigarette an und und schaute auf die Seekarte.

»Denken Sie an Cap Finisterre im Nordwesten Spaniens, die Biscaya, oder an die Einfahrt in den Ärmelkanal bei Ouessant. Außerdem eines noch: Wir haben zweihundertfünfzig Tonnen Kohle geladen. Die sind fast verheizt, wenn wir den Ärmelkanal erreichen. Weiter haben wir Schafwolle, Häute, Felle und sonstigen Kram, insgesamt rund vierhundertfünfzig Tonnen geladen.

Dazu kommen zehn Tonnen Aprikosen und fünfzig Tonnen Pfirsiche in unseren Kühlräumen. Wir hätten mindestens das Doppelte dessen laden können, wenn wir nicht so schnell nach London zurückkehren sollten. Sie wissen, dass am 8. Juni die Lizenz für die *Drummond Castle* abläuft. Und deshalb fallen auch die Zwischenstopps auf St. Helena, Ascension und Cap Verde aus, die uns einiges mehr an Ladung gebracht hätten. Und an Gewicht, das dem Schiff doch auch immer Stabilität verleiht, die wir jetzt nicht haben.«

»Durch die geringe Zuladung erscheint mir bei Ouessant die Passage du Fromveur aber interessant, wo wir schließlich viele Meilen abkürzen können«, gab James Burton zu bedenken.

»Sind sie verrückt? Das Risiko ist einfach zu hoch. Tagsüber mag das noch gehen bei Flut und bei guter Sicht, diese enge Passage zwischen Ouessant und Molène zu nehmen. Diese Gegend ist der reinste Schiffsfriedhof. Außerdem bedenken Sie die Strömung dort. Allein bei Flut beträgt sie vier bis fünf Knoten, das Schiff ist dann kaum manövrierfähig.«

»Wir werden das kurzfristig entscheiden. Das ist jetzt noch nicht unser Thema.«

Captain James Irving verließ die Brücke und ging auf das Deck, das den Passagieren der ersten Klasse vorbehalten war. Er zündete sich eine Zigarette an und schaute über das Meer. Eine Dame, die ihm vorhin am Speisetisch der ersten Klasse gegenüber gesessen hatte, lehnte an der Reling.

»Guten Abend, Mrs. Reid«. Irving gesellte sich zu ihr. »Eine schöne Nacht, nach all dem Regen heute den ganzen Tag über.« Es gehörte zu den angenehmen Pflichten des Captains, sich mit den Passagieren der ersten Klasse zu unterhalten.

»Guten Abend, Sir.«

»Ihre erste Seereise?«

13

»Gott bewahre, nein. Es ist meine vierte.«

»Gehen Sie auf Besuch nach England?«

»Geschäftlich. Eine bedeutende Reklamation eines Kunden. Eine Partie Tee war havariert, und jetzt geht es um die Bezahlung. Die Sache wird vor Gericht verhandelt.«

»Eine ernste Angelegenheit. Das tut mir leid.«

»Was für ein wunderbarer Abend«, sagte sie. Er zog an seiner Zigarette. Sie betrachteten den klaren Sternenhimmel. Musik drang aus den Gesellschaftsräumen der ersten Klasse. Walzerklänge vermischten sich mit sanftem atlantischem Wind, dem Rauschen und Brechen der Wellen am Schiffsrumpf sowie dem leisen Knattern der Segel zur Ouvertüre einer atlantischen Oper.

Dienstag, 2. Juni 1896
5. Tag an Bord der *Drummond Castle*, Vorbeifahrt Insel St. Helena

Der Ausguck meldete Land in Sicht, ca. zehn Meilen östlich. Kapitän James Irving war sehr zufrieden. Die Geschwindigkeit stimmte, wenn die Rechnung aufging, würden sie ca. am neunzehnten Juni London erreichen.

»Wir hatten großes Glück. Fast die ganze Zeit unter Segeln, das hat uns beschleunigt.« Erster Offizier James Burten saß an seinem

Platz im Speisesaal zweiter Klasse. Die Schwestern Geraldine und Beatrice Oliver hingen förmlich am Mund dieses schmucken jungen Offiziers. Geraldine, fünfzehn, und Beatrice, dreizehn Jahre alt.

»Wissen Sie, wann wir in London sein werden? Können wir den Fahrplan einhalten?« Leutnant Friedrich von Lautenstein, ein jüngerer, etwas blasser Soldat der kaiserlichen deutschen Marine, saß neben Geraldine.

»Höchstwahrscheinlich am neunzehnten oder zwanzigsten Juni. Warum fragen Sie?« Burten schaute ihn verwundert an.

»Habe ich nicht erwähnt, dass ich aus gesundheitlichen Gründen nach Deutschland zurückkehre?«

»Nein, Sir, das tut mir leid. Was haben Sie dort vor?«

»Nun, ich werde mich zunächst einmal einige Monate auf dem Gut meiner Familie in Ostpreußen erholen. Ich litt unter Malaria. Anschließend werde ich meinen Dienst in heimatlichen Gewässern fortsetzen. Schließlich gedenke ich auch zu heiraten.«

«Ah.« Geraldine rutschte etwas ab von ihm.

»Keine Angst, Miss Oliver, es besteht keine Gefahr der Ansteckung mehr.« Trotzdem schaute das Mädchen ziemlich zweifelnd vor sich auf den Teller. Ihre Schwester Beatrice, die neben Harry Cohen, dem siebzehnjährigen Sohn eines Brauereibesitzers aus Kapstadt, saß, kicherte leise vor sich hin. Fast unhörbar meinte sie zu ihm: »Welche Gefahr der Ansteckung: Heirat oder Malaria?«

Harrys Blick kreuzte sich mit ihrem, sie senkte ihn sanft und etwas verschämt, schließlich schmunzelten beide.

»Aber was treibt sie beide nach England, und noch dazu ganz alleine?« Leutnant Friedrich von Lautenstein wendete sich an die jungen Damen.

»Noch etwas lernen«, gab Geraldine, die Ältere der beiden, keck zur Antwort.

»Ah.« Von Lautenstein räusperte sich vornehm.

»Wir gehen dort weiter zur Schule.« Beatrice lächelte Herrn von Lautenstein verschmitzt an.

»Sie haben Verwandtschaft in England?«

»Ja, natürlich, wie alle am Kap. Was denken Sie? Unsere Tante erwartet uns dort!«

Donnerstag, 4. Juni 1896
7. Tag an Bord der *Drummond Castle*, Vorbeifahrt Insel Ascension

Zweiter Offizier Oliver Mason begab sich auf Befehl Captain James Irvings zum Kohlenbunker, um den Vorrat zu kontrollieren. Die steile Treppe führte zunächst hinab in den Maschinenraum, an den sich der Kesselraum anschloss.

Unerträglich waren hier unten der Lärm

und der Gestank nach Rauch, Öl und heißem Metall. Männer arbeiteten hier unten, schwarz verschmiert, bleich, ausgemergelt, abgekämpft. Männer, die man sonst auf dem Schiff nicht sah. Männer der Dunkelheit, der Hitze, des Schweißes, der Kraft und der Gewalt. Hier herrschten andere Gesetze. Kilroy's Heizanzeige gab hier den Takt vor. Den Takt, der hier unten die Uhr ersetzte. Unerbittlich. Mason kontrollierte die Angabe auf dem Gerät.

»Wer hat sich hier zu schaffen gemacht?«, schrie er, ohne groß gehört zu werden. Als ein Kohlenzuträger mit einer vollen Schubkarre vorbeikam, stellte er sich ihm in den Weg.

»Wer hat den Anzeiger auf vier gestellt? Ich hatte gestern sieben vorgegeben, und jetzt wird im Abstand von vier Minuten geläutet?«, brüllte er dem Mann ins Ohr.

»Der Captain war hier unten«.

»Davon weiß ich nichts! Das ist unverantwortlich.«

»Der Captain hat die Vorgabe persönlich so eingestellt. Wir hatten hier gestern einen Streit. Und seither geht alles im Vier-Minuten-Takt. Vier Minuten das Feuer schüren, vier Minuten den Feuerrost auskratzen und ihn vier Minuten lang beschicken. Das ist absolut unmenschlich. Dazu noch der Takt, den das Schiff selber vorgibt. Senkt sich der Bug, schüren wir, und hebt er sich, knallen wir die Türen der Feuerkammern wieder zu, dass die Glut sich nicht über unsere Füße ergießt.«

Der Oberheizer wischte sich mit einem dreckigen Lappen den Schweiß von der Stirn und vom nackten Bauch. »Der verdammte Ruß setzt sich in jede Pore. Das juckt so fürchterlich!«

»Ich geh nach oben und werde sehen, was sich machen lässt. Der Vier-Minuten-Takt bringt euch ja um.« Da gerade die nächste Schicht begann, ging er mit dem Mann in den Maschinenraum. Dort war es kaum leiser, aber wesentlich kühler.

»Die Männer meutern, wenn das so weitergeht,« blaffte ihn der Oberheizer an. »Vier Stunden in dieser Bruthitze und in diesem Höllenlärm. Und dann noch dieser irre Takt. Das hält kein Mensch lange aus. Die Schichten sollten wenigstens auf drei Stunden reduziert werden.«

»Das krieg ich nicht durch.« Mason ging wieder nach oben, um den Kohlenbestand in das Logbuch einzutragen. Auf der Brücke schaute er über die unendliche Weite dieses Meeres.

Backbord sah er in weiter Ferne die Insel Ascension. Nach der Hitze unten im Bauch des Schiffs genoss er die Frische und die salzhaltige, gesunde Luft. Die Heizer taten ihm leid. Sie waren es, die dieses Schiff fortbewegten, und waren doch immer die Letzten. An sie dachte keiner, solange sie funktionierten.

Dienstag, 9. Juni 1896
12. Tag an Bord der *Drummond Castle*, Vorbeifahrt Kapverdische Inseln

Die aufgehende Sonne tauchte das Meer in ein grünlich schimmerndes Licht. Der Schornstein qualmte, die Segel knatterten im Wind. Vanessa Reid stand an der Reling und schaute hinaus auf das Meer. Ihre Gedanken führten sie viele Meilen und Tage zurück. John. Kein anderer konnte bei ihr seinen Platz einnehmen.

»Wo ist Amerika?« Elly riss sie aus ihren Gedanken.
»Irgendwo da drüben.« Sie deutete mit ihrer rechten Hand in Richtung Westen. »Da, wo die Sonne untergeht.«
»Geht die Sonne immer in Amerika unter?«
»Das kommt darauf an, wo du gerade bist.«
»Und wo sind wir gerade?«
»Wir fahren auf dem Atlantik nach England, mein Schatz. Komm, wir gehen frühstücken.« Sie nahm ihre Tochter und führte sie in den Speisesaal erster Klasse. Elly ging, wie jeden Tag, von Tisch zu Tisch und wünschte jedem einen guten Morgen. Die meisten Fahrgäste hatten das kleine Kind ins Herz geschlossen.

Nach dem Frühstück brauchte sich Elly nie über mangelnde Unterhaltung zu beklagen. Besonders die älteren Herrschaften wollten Zeit mit Elly verbringen. Der Alltag auf dem Schiff bot wenig Abwechslung. Da kam die kleine Elly gerade recht.

Monoton und gleichmäßig glitt das Schiff nordwärts. Das Wetter hatte sich beruhigt, es herrschte Sonnenschein und gute Sicht. Mehrere Menschen standen an der Reling und betrachteten das Wasser, das in all seiner unendlichen Kraft das Schiff trug.

An die Heizer, die tief unten im Bauch des Dampfers diese Fahrt in dieser kurzen Zeit erst möglich machten, an die verschwitzten, dreckverschmierten Kerle, die stumpf, kraftvoll und monoton die Kohle in die Höllenschlunde schaufelten, an die dachte in dieser eleganten Welt an Deck keiner. Dieses Schiff war auch ein Symbol für die Gespaltenheit einer Gesellschaft, in der unten malocht und oben gefeiert wurde.

Sonntag, 14. Juni 1896
17. Tag an Bord der *Drummond Castle*, Vorbeifahrt Kap Finisterre, Spanien

»Ans Segelsetzen ist jetzt nicht mehr zu denken. Mason, setzen Sie Kilroy's Heizanzeige auf vier, und keinen Grad höher. Verstehen Sie? Keine Mätzchen mehr. Setzen Sie sich durch!«

Mason atmete schwer und hörbar ein. »Außerdem ist hier auf der Brücke bis London doppelte Besatzung erforderlich. Halten Sie sich dran!« Mit scharfem Blick bedachte er Burten und Mason. Als der Captain die Brücke verließ, schauten sich beide nur an.

Regen peitschte schon seit Stunden gegen die Fenster. Schwerer Seegang begrüßte das Schiff im Golf von Biscaya. Von den Passagieren hielten sich nur ein paar Verwegene an Deck auf.

Nachmittags um halb vier waren die meisten der Passagiere in den Gesellschaftsräumen. Der Eine oder Andere gönnte sich eine Zigarre im Rauchsalon. Zum Tee wurde Gebäck gereicht. Die Stewards hatten bei dem Seegang schwere Wege zurückzulegen.

Einzig Elly schien sich mit dem Heben und Senken des Schiffs angefreundet zu haben. Sie wartete immer, bis die Seite, auf der sie sich gerade befand, oben war. Dann lief sie auf die tiefer liegende andere Seite. Diese hob sich, und sie rannte dann wieder runter auf die andere Seite. Die anderen Passagiere schauten ihr zu und lächelten. Kindlicher Übermut. Sie jauchzte vor Freude.

Dienstag, 16. Juni 1896
19. Tag an Bord der *Drummond Castle*, Vorbeifahrt Insel Molène vor der bretonischen

Küste, abends 10:30 Uhr

»Das regnerische Wetter und der Nebel machen mich fertig. Seit Tagen kein Land gesehen. Haben Sie feststellen können, was dieser Dampfer hier macht?« Captain James Irving schaute verzweifelt auf die Karte. »Das kann nicht sein. Spinnt unser Kompass?«

»Das muss die *Werfa* sein. Ich beobachte die schon eine ganze Weile.« Mason rechnete anhand der Karte. »Wir müssen uns ungefähr vier Meilen vor Ouessant befinden.«

»Was? Das kann nicht sein.« Captain James Irving wurde bleich. »Und Kurs Nord?«

»Ja, Sir.«

»Die *Werfa*?«

»Kurs Nordnordwest. Die kreuzt vor uns vorbei. Mann, das ist vielleicht noch eine Viertelmeile. Geben Sie die Dampfsirene! Wo will die denn hin?«

»Keine Ahnung, Sir, aber sie hat es gerade noch geschafft.«

Keine zwei Minuten später.

»Was ist das für ein Licht?«

»Stiff auf Ouessant. Verdammt, die *Werfa* war richtig. Unser Kompass spinnt!« Schweiß tropfte Captain James Irving von der Stirn.

»Wir sind im Fromveur, vom Kurs abgekommen. Keine Sirenen von Ouessant?«

»Keine Sirenen von Ouessant, Sir.«

Ein Beben, ein ohrenbetäubender Lärm, ein Kratzen, das allen das Blut in den Adern gefrieren ließ. Entsetztes Erahnen und Begreifen dessen, was passiert sein musste. Auf der Brücke wurden nur noch angstvolle Blicke getauscht. Schreie aus den Gesellschaftsräumen, aus denen gerade noch Musik und Gelächter erklungen war. Rufe, Schreie. Auf der Brücke Sekunden der Stille, der Besinnung.

Knappe Anweisungen wurden gegeben. Die Boote zu Wasser lassen. Ganz wichtig: Die Kesselventile öffnen, um Druck abzulassen. Eine Explosion musste verhindert werden. Das Schiff neigte sich. Das entsetzliche Beben, Kratzen, und das Rütteln hatte wieder aufgehört. Das Schiff neigte sich weiter, hatte sich befreit vom Fels. Die Strömung.

»Die *Pierres Vertes*. Es gibt nichts Berüchtigteres hier. Sofort die Boote zu Wasser lassen!« Captain James Irvings letzte Anweisung.

Irving hatte nur einen Gedanken gehabt. Die Boote. Zu spät. Das offene Meer ergriff erneut Besitz von dem Dampfer, der durch allerhand Umstände leichter als sonst war und jetzt wieder aufs offene Meer trieb. Er legte sich weiter, Schreie erfüllten die Luft. Es gab kein Entrinnen mehr.

Wen das Schiff freigab, der erfror im eiskalten Wasser. Wen nicht, der ertrank. Gnadenlos. Die Letzten, die bis gerade eben noch in der Höllenhitze geschuftet hatten, fanden sich durch das bei ihnen zuerst einströmende Wasser in einer grausigen Hölle des Zischens und Löschens wieder. Wasser rein, Feuer aus, keine Luft mehr. Die Heizer waren diesmal die Ersten, die der Gnadentod ereilte. Wenigstens diesmal die Ersten.

Die Wellen peitschten wild. Keine Schreie waren mehr zu hören. In einer gigantischen Symphonie der Elemente Wasser und Feuer, einem unheimlichen Zischen von Luft aus den Räumen und Löschen des Feuers ging dieser Dampfer mit all seinen Schicksalen an Bord unter. Wer sich an ein Holzteil klammerte, konnte vor Kälte nicht mehr schreien. Stille, nur Meeresrauschen. Dunkelheit. Alle Lichter waren erloschen. Wo vor fünf Minuten noch Leben war, war jetzt keine Spur mehr davon.

Mittwoch, 17. Juni 1896
Auf einer Insel im Meer

»Mama, wo sind wir hier?«
»Ich weiß es nicht, Elly, mein Schatz. Lass uns weitergehen. Irgendjemand werden wir schon finden, der uns weiterhelfen kann.«
Die junge Frau lief mit dem kleinen Mädchen an der Hand am Strand entlang. Bizarre Felsformationen reihten sich aneinander und erschwerten das Fortkommen. Endlich fanden sie eine Stelle, an der sie relativ bequem vom Ufer wegkamen. Der schmale Pfad wand sich durch dichte Farnwälder, die sich mit üppigen Brombeerpflanzen abwechselten.

Die Kleider der beiden waren nass und hingen ihnen in Fetzen von ihren Leibern. Die Farne waren größer als sie selber, sodass sie an den Farnzweigen entlang streiften. Sie spürten aber nichts. Auch nicht den Hauch von Feuchtigkeit, die Tautropfen der Blätter, die schließlich wie Rinnsale auf ihrer nassen Haut zu Boden flossen.

Nach dem Regen der vergangenen Tage war es jetzt neblig, aber nicht kalt. Der Pfad wurde allmählich breiter, sie hatten die Höhe erreicht.

»Enez Eussa«, die hohe Insel der Kelten. Auch der Farnwald und die figurenhaften Felsnasen, an denen sie vorbeiliefen, schienen der keltischen Mythologie entsprungen zu sein. Plötzlich war der Farnwald aber zu Ende und machte großen, eingefriedeten Schafweiden Platz. Die Tiere dösten größtenteils noch vor sich hin. Hin und wieder sahen sie Dünenkaninchen vorüber huschen.

»Bitte helfen Sie uns!«, sprach Mrs. Reid einen älteren Mann an, der ihnen mit seinem Hund begegnete. »Wir kommen aus dem Meer.«

»Was ist los mit dir, Hund?« Der Mann drehte sich kurz zu seinem Hund um, um ihn zu beruhigen. Als der Hund die beiden spürte, hatte er angefangen zu winseln. Was hatte ihn beunruhigt? Es war nichts außer Wind und in einiger Entfernung die Brandung des Meeres. Der Mann lief unbeeindruckt weiter.

Beunruhigt setzten auch die Beiden ihren Weg fort. Hatte der Mann sie nicht gesehen?

Mittlerweile stand die Sonne hoch am Himmel. Sie kamen an ein Gehöft. Kein Mensch war auf der Straße. Von Ferne hörten sie Sirenen heulen. Die Nebelsirenen von Ouessant.

»Mama, ich will nach Hause.«

»Gleich, Elly. Wir sind bald zuhause.«

»Mama, wo ist John?«

Mrs. Reid zeigte nach Süden. »Dort, in diese Richtung. Dort ist John.«

»Ist John auch zuhause?«

»Nein, Elly. John ist nicht zuhause.« Mrs. Reid wurde von einer unendlichen Traurigkeit erfasst. Sie schien die Trennung für immer allmählich begriffen zu haben. Für Elly unmerklich, röteten sich ihre Augen.

»Und Papa?«

»Papa ist schon zuhause. Er wartet auf uns.« Sie brach jetzt vollends in Tränen aus.

Die Nacht brach herein. Müde legten sich die beiden an den Rand eines kleinen Wäldchens und schlummerten ein. Vogelgezwitscher weckte sie am nächsten Morgen. Hand in Hand setzten sie ihren Weg fort.

Als es wiederum Abend wurde, kamen sie in einen Ort. Aufgeregte Menschen waren auf den Straßen. Mrs. Reid und Elly grüßten freundlich, aber wiederum schien keiner von ihnen Notiz zu nehmen. Sie kamen an den Hafen. Auch hier waren viele Menschen. Lebendige und tote.

Wen sahen sie hier nicht alles wieder. Captain James Irving grüßte sie freundlich, daneben sahen sie Leutnant von Lautenstein, der sich eingehend mit Beatrice und Geraldine Oliver unterhielt. Verschiedene ältere Herrschaften von der *Drummond Castle* spielten Bridge auf der Hafenmauer. Eine heitere Gesellschaft. Und auf den Fischerbooten wurden immer mehr von ihnen herbeigebracht. Das war ein Wiedersehen!

Mr. Durason und Mr. Mathiesen stritten sich. Wer war bloß auf die Idee gekommen, mit der *Drummond Castle* zu fahren? Zweimal schiffbrüchig, innerhalb von sechs Wochen! Und diesmal endgültig!

Auf einem Boot, das gerade ankam, sah Mrs. Reid ein kleines Mädchen, vielleicht drei Jahre alt. Elly. »Mama! Mama!«, rief das Mädchen vom Boot ihr zu. Als sie sich zu Elly umdrehte, die gerade noch neben ihr gestanden war, war da niemand mehr. Sie sah nur noch das kleine Mädchen im Boot. Da wollte Mrs. Reid hin. Ein Mann hob es vorsichtig, beinahe liebevoll aus dem Boot und legte es erst einmal sanft ins Gras zu den anderen Passagieren der *Drummond Castle*. Frauen in schwarzen Kleidern standen um die Toten herum.

»Die Kleine hier muss meinen Unterlagen zufolge Elly Reid sein. Das Alter könnte stimmen. Drei Jahre?« Commissaire Dupré wendete sich an seinen Assistenten.

»Elly Reid, drei Jahre alt. Das muss sie sein. So steht es auf dem Telegramm mit den Namen.«

»Gut. Wieder jemanden zugeordnet. Allmählich kommt etwas Klarheit in die Sache.« Commissaire Dupré sah zum ersten Mal seit seiner Ankunft gestern Abend zufriedener aus. Die Nachricht vom ersten Totenfund gestern Morgen hatte in Brest wie eine Bombe eingeschlagen.

»Da hinten bringt schon wieder jemand einen leeren Rettungsring. Schrecklich.«

»Wie viele Leichen haben wir jetzt insgesamt?«

»Neunzehn sind es hier.«

»Sie fahren bitte morgen früh gleich nach Molène rüber, um dort die ganze Sache abzustimmen.«

»Wird gemacht, M. le Commissaire.«

Dupré schaute sich die Kleine nochmals genauer an. Er schloss ihr sanft die Augen. Als er sich wieder aufrichten wollte, stieß er gegen etwas und spürte einen kalten Schauer hinter sich. Gänsehaut befiel ihn. Aber da war nichts.

»Ich muss eine Pause machen,« sagte er zu sich und lief vom Hafen auf der Straße einen kurzen, steilen Weg hinauf und setzte sich in das Café. Ein Glas Rotwein und etwas zu essen, das musste auch in so einer katastrophalen Zeit auf einer kleinen Insel möglich sein, dachte er sich.

Und er bewunderte die Menschen der Inseln. Wie viele Leichen mochten sie schon geborgen haben? Es waren ja doch nur Fremde für sie. Was für ein Menschenschlag. Bretonen eben. Lebten im Meer, von dem Meer. Und für das Meer. Halfen und brachten Unbekannten, auch den Toten gegenüber, Respekt auf.

Freitag, 19. Juni 1896
Inseln Ouessant und Molène
Pfarrhaus in Lampaul auf Ouessant

Die Glocken läuteten lange auf Ouessant und Molène. Die Inseln trauerten.

Ein kleiner, offener Sarg. Elly Reid, gekleidet in eine traditionelle bretonische Tracht. Ein kleines Mädchen von drei Jahren wurde von Menschen beweint, die es nie in ihrem Leben gekannt hatten. Ein kleines Mädchen, das nie nach Ouessant wollte. Frauen umringten den Sarg. Ein Maler aus Paris, der wie jedes Jahr den Sommer auf dieser schönen unbekannten Insel verbrachte, hielt die Szene in einem Bild fest.

»Gens d'Ouessant veillant un enfant mort«. Wie eine Auferstehung. Elly Reid, erhalten für die Ewigkeit.

Dreiundfünfzig Menschen gegenüber war das Schicksal so gnädig, ein Grab auf Ouessant oder Molène bereitzuhalten. Ein Grab an dem Weg, der für sie in die Heimat führen sollte. Einhundertneunzig Menschen fanden die Ewigkeit im Meer. Drei Menschen überlebten das Unglück.

Die *Drummond Castle* liegt zweiundsechzig Meter unter dem Meer zwischen den Inseln Ouessant und Molène und fand ihr Ende auf einer Fahrt von Kapstadt nach London.

Wattwagen unterwegs nach Neuwerk

Annes Lied

Einmal in meinem Leben wollte ich auf die Insel Neuwerk fahren, die der Nordseeküste vorgelagert war. Telefonisch hatte ich im Sommer ein Zimmer in der Pension Altes Haus, das in der Mitte der kleinen Insel lag, für Ende Oktober reserviert. Für diese Jahreszeit war die Buchung kein Problem. Ich hatte mich auf die Reise gefreut, denn ich versuchte so, dem Alltag für eine Weile zu entfliehen. Da mangels Passagieren kein Schiff mehr die Insel anlief, blieb der Wattwagen die einzige Verbindung dorthin.

Sieben Stunden, nachdem ich von Zuhause losgefahren war, parkte ich mein Auto auf dem Parkplatz in Salenburg, der den Besuchern der Insel Neuwerk vorbehalten war. Ich lief und zog meinen Koffer eine kleine Straße entlang bis zur Strandpromenade hinter dem Deich. Die frische Seeluft tat mir nach der langen Autofahrt gut.

Es war spät am Nachmittag dieses herbstlichen Samstags. Die Wattwagen mussten die Zeit der Ebbe ausnutzen, um die zehn Kilometer von der Insel nach Salenburg und wieder zurück zu fahren. Gelänge dies nicht, müsste man sich in Salenburg kurzfristig nach einer Unterkunft umsehen.

Ein verlockender Duft nach frisch gebackenem Brot entströmte einer kleinen Bäckerei. Ich leistete mir einen Becher heißen Milchkaffee und ein Fischbrötchen und setzte mich auf eine der Parkbänke. Bis zur Ankunft des Wagens waren noch gut zwanzig Minuten Zeit.

Als ich mein Mahl beendet hatte, stand ich auf, warf den leeren Becher in einen Abfalleimer, der neben der Bank angebracht war, zündete mir eine Zigarette an und lief über den Deich auf den Strand.

Die Dämmerung setzte bereits ein, als ich in einiger Entfernung drei Pferdewagen, die vom Meer in Richtung des Strandes fuhren, gewahr wurde. Jeder der Wagen war mit zwei Pferden bespannt.

»Moin« begrüßte mich einer der Kutscher, nachdem die Kolonne das Festland erreicht hatte. »Wo wollen sie denn hin?«

»Pension Altes Haus auf Neuwerk.«

»Na, dann darf ich bitten. Hein Matthiesen mein Name.«

»Peter Ulmer. Angenehm«, stellte ich mich vor. Matthiesen stieg herab. Wir schüttelten uns die Hände, er half mir noch, das Gepäck im Fonds zu verstauen, und ich kletterte zu ihm auf den Kutschbock. Auch die Passagiere der anderen beiden Kutschen stiegen auf, und der Tross machte sich unverzüglich auf den Rückweg nach Neuwerk.

»Wir haben keine Zeit zu verlieren, die Flut wartet nicht«, erklärte mir Matthiesen und deutete auf den Himmel. Die Abenddämmerung tauchte die Welt um uns herum in ein mystisches blaues Licht, nur noch im Westen dank des untergehenden glühenden Sonnenballs gelblich bis orange erhellt.

Den Weg durch das Watt hatte ich mir als Fahrt über glatten Sand vorgestellt, lag mit dieser Annahme aber weit neben der Realität. Rinne um Rinne hatten die Wagen zu durchqueren, und die Pferde mussten manches Mal großen Steinen ausweichen, um nicht auf ihnen auszurutschen. Jeder einzelne der groben Kiesel war zu spüren, die durch das steigende und sinkende Wasser frei gespült wurden und den Wagen hart aufschlagen ließen, wenn die Räder sie berührten.

Ich hatte Mühe, mich auf dem Sitz festzuhalten, obwohl die Tiere einen gemächlichen Trab liefen. So verstrich die Zeit. Als ich mich nach einer Weile umdrehte, lag das Festland mit seinen Lichtern schon weit hinter uns. Die wenigen hellen Punkte verwischten zu Noten einer Abendmelodie, die den vergehenden Tag in das Blau der Abenddämmerung gleiten ließen. Ein wohliges Gefühl stieg in mir auf, angenehme Stimmungen erfassten meinen Körper.

Seit der Abfahrt hatten wir kein Wort mehr

gewechselt, sondern ließen die Stille auf uns wirken. Ich glaubte, dass sich keiner der Faszination dieser abendlichen Stunde entziehen konnte, denn auch Matthiesen sah im Profil im Dämmerlicht zufrieden aus, als ich einen Seitenblick auf ihn warf. Leise Rufe der Möwen übertrug die Luft aus der Ferne. Überall sah man Schatten von ihnen und von Säbelschnäblern, die im feuchten Schlick nach Würmern, Krebsen und Muscheln suchten.

Als wir einen kleinen Absatz hinunter in einen vielleicht zwanzig Meter breiten Graben fuhren, durch den seichtes Wasser strömte, meldete sich Matthiesen wieder zu Wort.

»Wir fahren gerade durch das Wasser der Weser.«

»Hm« antwortete ich und war mir bewusst, nicht besonders gesprächig zu sein. Ich wollte diesen Abendtraum nicht durch unpassende Worte stören.

Trotzdem ließ mich Matthiesens soeben gegebene Information erschaudern. War die Weser nicht einer der größten Flüsse Deutschlands? Und wir fuhren hier, mitten im Wattenmeer, durch deren Wasser? Was für eine Ironie schien das zu sein.

»Ist nicht breit, die Weser hier«, meinte ich.

»Hm.« Diesmal war es an Matthiesen, einsilbig zu antworten.

»Leben sie ständig auf der Insel?«, wollte ich wissen, da ich mich doch entschloss, eine

Unterhaltung zu beginnen, um mehr Informationen über die Insel und deren Bewohner zu erhalten.

»Jetzt ja, früher nein.«

»Aha. Wie viele Menschen wohnen denn auf der Insel?«

»So um die fünfundzwanzig.«

»Hm.« Ich merkte, dass Matthiesen seine Ruhe haben wollte, und der Wagen rumpelte weiter. Das Ziel unserer Fahrt war für mich nicht zu erkennen. Lange nach dem endgültigen Untergang der Sonne war kein Licht außer dem des Mondes und der Sterne am Nachthimmel mehr sichtbar.

Aufgestellte Holzpfosten markierten unseren Fahrweg durch das Watt, sodass man nicht versehentlich vom Weg abkam.

»Wenn wir hier durch das Weserwasser fahren: ist die Elbe denn auch zu sehen?« Ich hatte mir die Insel auf der Landkarte angeschaut und gesehen, dass Neuwerk nicht weit entfernt von der Elbfahrrinne lag.

»Wenn Flut ist, sieht man mehr Schiffe fahren. Jetzt nicht.«

Mit diesen Worten hatte uns die Melancholie der Abendstunde wieder, und ich versank in meinen Gedanken, ohne mich vom Blick für meine Umwelt zu trennen.

Nach einer Weile hörte ich eine zarte kindliche Stimme. Sie sang ein wunderschönes Lied, das ich in der Schule einmal hatte einstudieren müssen. Ein Lied von Friedrich Silcher, jenem schwäbischen Komponisten und Dichter der Romantik.

„Es löscht das Meer die Sonne aus
kühlendes Mondlicht ist erwacht ..."

»Hören Sie das auch?«, fragte ich.
»Nee«, antwortete Matthiesen. »Ich hör nur die Möwen. Was meinen Sie denn?«
»Ein Lied von Friedrich Silcher. Es heißt „Es löscht das Meer die Sonne aus."«
Ich schaute Matthiesen an, und ich sah, wie er erstarrte.

„... der goldne Adler lässt sein Haus
müde dem Silberschwan der Nacht ..."

»Ich hör das aber ganz deutlich!«, sagte ich aufgeregt.
»Ja, ja, der Klabautermann!«, lachte Matthiesen mich an. »Treibt so seine Späßchen mit uns. Aber das«, und jetzt wurde er ernst, beinahe traurig, »das wird die kleine Meerjungfrau sein. Die singt manchmal abends.«
»Die kleine Meerjungfrau?«, fragte ich erstaunt.
»Ja. Die hört man hin und wieder. Und dann passiert irgendetwas Unvorhergesehe-

nes«, sagte Matthiesen.

»Das glaub ich nicht.«

»Ist aber so, sie werden es wahrscheinlich noch erleben.«

Ich bemühte mich redlich, konnte aber im Schlick und den Prielen des Watts nichts außer Möwen und Säbelschnäblern, die nach Nahrung pickten, erkennen. Keinesfalls konnte ich aber ein Wesen ausmachen, das einer Meerjungfrau glich. Zumindest nicht so einer, die ich mir ähnlich der Figur vorstellte, welche als Plastik an der Kopenhagener Hafeneinfahrt stand. »Ich glaube, sie nehmen mich nicht ernst.«

»Brrr!«, ließ Matthiesen sich vernehmen, und die Pferde blieben stehen. Hinter uns hörten wir Rufe.

»Hein, fahr weiter, die Flut kommt bald wieder zurück! Es ist schon spät!« Darauf drehte sich Matthiesen um und rief zurück.

»Die kleine Meerjungfrau! Mein Gast hat sie singen gehört.«

»Ach, die Landratten. Lass die doch daran glauben. Fahr jetzt bitte weiter, sonst überhole ich.« Ich drehte mich um zu dem Kutscher, der so sprach. Als er mich ansah, zeigte er mit dem Finger auf mich, brach in schallendes Gelächter aus und überholte uns, genau wie die dritte Kutsche auch. Wir ließen sie passieren. Matthiesen verharrte ganz still auf seinem Kutschbock.

„... flüsternd am Kahne glitzt der Brandung
Lauf,
leise der Wind die Saiten rührt,
die Liebe zieht ihr Segel auf,
Sehnsucht das Ruder sicher führt."

Er schaute mich entgeistert an. »Wenn das wahr ist«, meinte er nur. Er ließ die Zügel locker und schließlich ein sanftes „Hüa!« vernehmen, das ich dem Hünen so einfühlsam gar nicht zugetraut hatte.

»Schnell weg hier, ich kann es nicht mehr hören.«

Wenig später sah ich in einiger Entfernung aus der Richtung, aus der die Luft den Gesang zu uns herüber trug, einen Schatten. Es musste die kleine Meerjungfrau gewesen sein. Sie reckte sich immer wieder in unsere Richtung, um dann wieder abzutauchen. Sie schien im seichten Wasser zu liegen, denn sie erhob sich immer wieder an derselben Stelle, und dann ertönte ihr Gesang, jetzt, da sie uns sah, lauter und kräftiger. Ihre Stimme erklang glockenhell in der Nacht und sang heimelig das Lied weiter.

„Nun ruh an meinem Herzen still,
sicher auf schwanker Wellen Flur,
ein Schlummerlied dir singen will,
rauschend die wogende Natur …"

»Oh nein! Nicht schon wieder!« Matthiesen
hatte erneut angehalten. »Es war doch dieses
Jahr schon so eine Flut! Und die hatte meinem Bruder das Leben gekostet! Er musste
damals jemanden retten, der sich trotz
Sturmflutwarnung ins Watt gewagt hatte.
Und da hatte ich drei Tage vorher genau an
dieser Stelle dies verdammte Lied gehört«. Er
wandte sich mir zu.

»Wissen Sie, Schlummerlied bedeutet für
manchen auf der Insel, dass wieder einer von
uns gehen muss. Jedes Mal, wenn einer das
Lied hört. Und jetzt bin schon wieder ich es,
dem dies widerfährt.« Er schaute mich an,
ich konnte sein Gesicht in der Dunkelheit
nur noch schemenhaft erkennen. Er senkte
seinen Blick.

»Ich hatte meinen Bruder damals aus dem
Wasser gezogen. Die Flut war zu stark für
ihn, sodass er auf seinem Boot über Bord gespült wurde und seine Ewigkeit im Meer
fand.«

Matthiesens Stimme brach. Nach einer
Weile, in der ich ihn still betrachtete, schaute
er wieder auf und gab den Pferden erneut ein
Zeichen, den Weg fortzusetzen. Die Flut wartete auch heute nicht, aber wahrscheinlich

würde es keine Sturmflut werden, die normalerweise von der Wettervorhersage angekündigt wurde. Es war auch windstill, was eher für mäßige Gezeiten sprach.

Mein Blick verlor sich in der Unendlichkeit des Wattenmeeres und ich nahm die salzige Luft in mir auf. Eine stille Sehnsucht nach Ruhe und Einkehr ergriff von mir Besitz, als ich über Matthiesens Worte nachdachte, und ich freute mich auf ein kleines Abendessen und die Nachtruhe.

Nach einer Weile spürte ich, dass der Wagen wieder auf festem Untergrund fuhr. Die Nacht war sternenklar, der Mond war zu sehen und ich konnte den Deich schemenhaft erkennen. Schließlich fuhren wir die Böschung hinauf über die Deichkrone, wieder herunter und im schnellen Lauf zwischen Viehweiden hindurch zum Hof. Die Pferde witterten den Stall. Ich sah die ersten heimeligen Lichter hinter Fensterscheiben auf der Insel. Neuwerk, das Neue Werk, hatte mich in sich aufgenommen.

Nach dem Abendessen entschloss ich mich, da ich wider Erwarten noch nicht müde war, zu einem kleinen Spaziergang, um auf dem Deich in Ruhe den Tag und den Abend ausklingen zu lassen. Ich zündete mir eine Zigarette an und machte mich auf den Weg. Hin und wieder trat ich in eine Pfütze, die ich wegen der Dunkelheit nicht erkannte.

Ich irrte einige Zeit hin und her, da ich nicht den richtigen Weg fand. Kühe waren noch auf der Weide. Matthiesen hatte mir vorhin erklärt, dass die Tiere in den nächsten Tagen auf das Festland verladen werden. Schließlich seien auch die Kühe hier auf der Insel Sommergäste.

Nach einigem Suchen hatte ich schließlich einen Pfad gefunden, der mich hinauf auf die Deichkrone führte. In der Ferne sah ich drei Lichter auf dem Meer. Es waren Schiffe, so dachte ich mir, die aus der Nordsee in die Elbe hinein nach Hamburg fahren würden. Kein Geräusch außer einem zärtlich streichenden Südwind, der die Blätter der Bäume sanft rascheln ließ, störte die Ruhe der Nacht, deren Dunkelheit nur von den Lichtern der Schiffe unterbrochen wurde. Es war für mich ein sehr eindrückliches Erlebnis fast vollständiger Dunkelheit und Ruhe, was ich aus meinem bisherigen Leben kaum mehr kannte.

Dieser Südwind führte mich in der Erinnerung wieder in meine Vergangenheit zurück an einen Abend, an dem ich meine jetzt verlorene Freundin kennengelernt hatte. In diese Ruhe hinein hörte ich wieder das bezaubernde Lied aus meiner Jugend, das ich so gar nicht mochte.

„... küssend der Welle Nacken streift
der Wind, Liebchen, so lass die Wange mir
und träume, dass dein Schifflein lind
ich durch dein ganzes Leben führ. "

Die Luft schwang das Lied klar und deutlich zu mir herüber. Der Mond erhellte die Nacht, und ich sah in der Entfernung das schäumende Meer wieder vom Watt Besitz ergreifen. Ich lief ein Stück in die Richtung des Wassers, immer den Rückweg bedenkend. Und da sah ich sie wieder, die kleine Meerjungfrau, in einiger Entfernung liegend und sich hin und wieder aufrichtend.

Was mochte das für eine Erscheinung sein? So lieblich, wie man sich kleine Meerjungfrauen vorstellte, oder eher derb, grobschlächtig, kraftvoll und unromantisch? Was, wenn mir nur meine Einbildung dies Bild und diesen bezaubernden Klang vortäuschte? Ich mochte es mir nicht vorstellen. Und noch viel weniger, als dass dieses romantische Lied aus fernen Zeiten den Tod eines Menschen ankündigen würde. Ich beschloss, die Logik der Romantik den Vorrang zu geben und diesem Geheimnis in den nächsten Tagen auf den Grund zu gehen.

In der Ferne rauschten die Wellen, und der Wind, der immer noch warm vom Festland her wehte, trug die Düfte der Nacht und des Meeres zu mir heran. Ich setzte mich auf eine

Bank und ließ die Kräfte der Natur auf mich wirken. Meine Gedanken schweiften weg von hier und trugen mich dorthin, von wo ich am Morgen aufgebrochen war. Was war passiert? Ich verstand die Welt nur noch halb, nur noch bis zu einem gewissen Grade. Die Zigarette, zu der ich sonst gerne griff, verblieb in der Schachtel. Jemand hatte mich verlassen. Ausgerechnet so kurz vor dem Urlaub, auf den wir uns beide so gefreut hatten. Was war passiert? Ich konnte es immer noch nicht begreifen. Und dennoch war diese Trennung Bestandteil von mir, von meinem ureigensten Ich. Mit diesen Gedanken belastet machte ich mich auf den Rückweg.

Ganz anders, als der Abend geendet hatte, begrüßte mich der erwachende Morgen. Was waren das für Geräusche, die da aus den Wiesen der Nachbarschaft zu mir herüberkamen? Was für ein Schnattern erfüllte die Luft? Ich erhob mich, streckte mich und gähnte. Draußen war es bereits taghell, und durch die Ritzen der Tür drang der Duft nach Kaffee und warmem Gebäck. Ich öffnete das Fenster und sah auf den Wiesen ganze Scharen von Wildgänsen. Ich hatte gelesen, dass diese Tiere die Insel Neuwerk gerne als Zwischenstation auf ihrem Flug von den Nistplätzen im Norden und Osten benutzten, bevor sie in ihr südliches Winterquartier weiterflogen. Wildgänse. Vögel, die immer auf der Suche sind, erinnerten mich im übertragenen

Sinne an die Freundin, die mich verlassen hatte. Auch sie war immer auf der Suche. Diese Eigenschaft von ihr gab mir den Trost, nicht allein der Grund für ihren Aufbruch zu neuen Abenteuern gewesen zu sein.

Das reichliche Frühstück genoss ich als einziger Gast ausgiebig. Die Wirtin gesellte sich nach einiger Zeit unter dem Vorwand der Frage, ob ich mit allem zufrieden sei, zu mir. Nach einigen höflichen Floskeln nahm sie ihren Mut zusammen, knetete verkrampft ihre Hände und stellte eine Frage, die ich jetzt nicht erwartet hatte.

»Hein erzählte mir, dass Sie gestern Abend im Watt ein Lied gehört hatten. Kennen Sie dieses Lied?«

»Ja«, gab ich zur Antwort. »Ich hatte es in der Schule gelernt. Besser gesagt, ich musste es seinerzeit als Strafarbeit auswendig lernen und dann vorsingen. Ein Lied von Friedrich Silcher, dem Dichter und Komponisten der Romantik aus Schwaben. Sie können sich vorstellen, dass ich das Lied nicht besonders mag und es mir höchstwahrscheinlich aus eben diesem Grunde im Gedächtnis blieb. Es heißt: „Es löscht das Meer die Sonne aus“. Wie gesagt, ich mag es eigentlich nicht. Trotzdem kann ich mich der Faszination seiner Melodie nicht ganz verschließen.«

»Ich mag dieses Lied ganz besonders, nicht nur wegen seiner Anspielung auf das Meer. Meine Mutter hatte es mir oft vorgesungen, wenn ich nicht einschlafen konnte. Es war eines ihrer Lieblingslieder, weil es ihr als Kind immer von ihrer Mutter vorgesungen wurde. Deren Großtante, sie hieß Anne, ertrank in jungen Jahren im Meer. Sie liegt, übrigens als einziges Familienmitglied, hier auf dem Friedhof der Namenlosen. Anne liebte dieses Lied genau so wie meine Mutter damals und ich heute und sang es deshalb oft, auch draußen im Watt. Das ist mein Bezug zu Anne und zu diesem Werk.«

»Der Friedhof der Namenlosen?«

»Ja, Menschen, die das Meer hier anspülte, und denen die Insel Neuwerk als letzte Ruhestätte dient. Aus Respekt den Toten gegenüber schenken wir ihnen hier einen Ort der Ruhe. Das gilt im Übrigen heute noch. Und Anne hatte schon zu ihren Lebzeiten den Wunsch geäußert, auf der Insel begraben zu werden. Also entsprach man damals ihrem Wunsch. Seither hört man hin und wieder dieses Lied im Watt. Übrigens war das Watt immer Annes Lieblingsspielplatz gewesen. Hier kannte sie alle Vögel und Robben und liebte sie als ihre Freunde.«

»Anne muss ein bemerkenswertes Mädchen gewesen sein.«

»Und sehr verständig. Ihr Geburtstag, der 23. Oktober, jährt sich übrigens übermorgen zum fünfundneunzigsten Mal. Wir gedenken ihrer immer, und jedes Jahr an diesem Tag liegen Blumen auf ihrem Grab, von denen keiner weiß, wer sie dort ablegt. Allerdings ist dieses Lied, das sie so sehr mochte, mit einem Fluch behaftet, sodass hier auf der Insel einige Menschen unruhig werden, wenn es draußen im Watt gehört wird. Mancher hatte in früheren Zeiten übrigens ihre Stimme erkannt, obwohl sie seinerzeit schon längst tot war.«

»Ein Fluch liegt auf diesem Lied?«

»Ja. Jedes Mal, wenn es gehört wird, so sagt man sich hier, wird wieder ein Menschenleben dem Meer anvertraut. Sprich, jemand lässt sein Leben im Wasser. Das geschieht zwar Gott sei Dank nicht oft. Aber dieses Jahr verloren wir schon unseren Bruder Wilhelm.«

»Ihr Bruder erzählte es mir bereits.«

Die Wirtin begab sich wieder in die Küche, und ich machte mich fertig für einen Spaziergang. Die Luft würde mir gut tun. Der Wind hatte auf West gedreht, und ich hatte etwas Mühe, als ich den Deich erreichte, standfest zu bleiben. In dicke Jacke und Mütze warm eingepackt, machte ich mich auf den Rundweg um die Insel. Einzelne Menschen begegneten mir auf dem Weg. Es waren Menschen, die die Einsamkeit und die Natur suchten und sich nicht zu schade waren, gegen die Naturgewalten auch einmal ankämpfen zu müssen und sogar vom Regen und den Gischtspritzern des Meeres durchnässt zu werden.

Auf den Wiesen hinter dem Deich waren immer noch ganze Schwärme von Wildgänsen, die sich für ihren Weiterflug nach Süden noch stärkten. Man erwartete, dass sie die Insel in den nächsten Tagen verlassen würden. Somit kehrte hier endgültig die Winterruhe ein, denn ab Anfang November empfing man hier auch keine Pensionsgäste mehr. Durchnässt kam ich um die Mittagszeit wieder in die Pension und wurde mit einer heißen und kräftigen Kartoffelsuppe mit Rindfleischeinlage bewirtet.

»Wenn sie Lust haben, zeige ich Ihnen nachher Annes Grab. Ich kann dann gleich die Bepflanzung für ihren Geburtstag vornehmen.« Die Wirtin lächelte mich an. Mir fiel auf, dass sie einen eleganten hellblauen Pullover und eine feine goldene Kette mit einem Bernsteinanhänger trug. »Ich heiße übrigens Greta. Sagen wir, um halb vier Uhr heute Nachmittag? Sie können hier, wenn Sie möchten, einen Kaffee trinken und ein Stück Kuchen essen, und dann könnten wir gehen. Ich kann Ihnen dann noch mehr über die Insel erzählen.«

»Sehr gerne. Und ich heiße Peter.« Ich freute mich über diese nette Einladung und zog mich auf mein Zimmer zurück, um ein Buch zu lesen.

Auf dem Weg zum Friedhof erzählte sie mir Geschichten über die Insel und wie sie entstanden war. Imposant fand ich den mächtigen Leuchtturm, der im 13. Jahrhundert gebaut wurde. Die ganze Insel wurde als Verteidigungs- und Beobachtungsanlage der Hamburger Kaufleute im Kampf gegen die Seeräuberei angelegt, und das Leuchtfeuer sollte die Einfahrt in die Elbe markieren.

Der Leuchtturm auf Neuwerk

Die Grabstellen Annes und der Namenlosen befanden sich von Gebüschen umgeben zwischen diesem alten Leuchtturm, in dem sich heute eine Gastwirtschaft befindet, und dem Deich, also in unmittelbarer Nachbarschaft des Meeres. Ich empfand ihn mit seinen verwitterten Holzkreuzen als einen mystischen Ort der Stille und der Einsamkeit.

Greta bückte sich und lockerte die Erde auf dem kleinen Grab, um das Unkraut heraus zu ziehen und es mit einigen Fleißigen Lieschen zu bepflanzen. Sie schöpfte mit einer bereitstehenden Kanne etwas Wasser aus dem angrenzenden Graben und begoss die frische Anpflanzung.

Schließlich stand sie ruhig neben dem Grab und sprach ein stilles Gebet. Ich schaute mir die anderen Gräber an. Als sie sich zu mir begab, erzählte sie mir zu jedem dieser Gräber die Geschichte, wie dieser Mensch aufgefunden wurde und was man sich jeweils über dessen Herkunft munkelte. Sie erzählte mir auf dem Rückweg noch mehr Geschichten über Neuwerk und auch über die angrenzende Insel Scharhörn, die nur von Vogelkundlern bewohnt sei und über die dortige Einsamkeit.

Nach dem Abendessen machte ich mich nochmals auf den Weg zum Deich. Ich wollte mich auf die Bank setzen und das Meer erneut in mich aufnehmen. Jemand saß auf meiner Bank. Greta. Ich fragte sie, ob ich mich zu ihr setzen durfte, und sie erlaubte es mir. Sie fragte mich etwas persönliches, und ich ließ sie ein Stück weit in mich hinein blicken.

Greta schätzte ich als eine Person ein, die mir ähnlich war. Ich glaubte, dass auch sie die Einsamkeit liebte, sonst würde sie abends nicht hier sitzen. Sie erzählte mir, dass sie einige Jahre in Hamburg bei der Stadtverwaltung gearbeitet hätte und jetzt für diese hier auf Neuwerk Beobachtungen und einige Verwaltungstätigkeiten verrichtete.

Neuwerk gehörte, so berichtete sie mir, zum Bezirk Hamburg-Mitte. Und das, obwohl die eigentliche Stadt gute hundert Kilometer entfernt lag.

„Nun wiegt sich sanft der leichte Kahn,
Liebchen mit deiner süßen Last,
als Muschel zieht er seine Bahn,
die einer Perle Kleinod fasst ..."

Die dritte Strophe des Liedes begann. Wir schauten uns an, denn beide hatten wir das Lied deutlich vernommen. Wir machten uns auf den Weg in die Richtung, aus der das Lied zu uns drang, liefen die seeseitige Böschung des Deichs hinunter und gelangten schließlich auf den Sand. Das Meer rauschte in einiger Entfernung, denn die Flut kam erneut. Der Südwind hatte wieder eingesetzt. In einiger Entfernung sahen wir am Deich eine Kolonie dunkler Vögel, die leise schwadronierten und sich wohl in den Schlaf sangen.

„...ach, dass mein Arm die traute Schale wär,
die dich umschlösse alle Zeit!
Mit meinem Ruder spielt das Meer,
Liebchen, mein Arm ist dir bereit."

Es war laut gesungen, doch wir konnten nicht erkennen, wo diese Stimme herkam. Plötzlich hörten wir hinter uns ein leises Schnaufen und drehten uns um. Etwas Dunkles lag nun unmittelbar vor uns. Wir traten einen Schritt zurück. Im fahlen Mondlicht erkannten wir, wie uns eine große Robbe anblickte. Greta und ich lachten uns an.

»Hallo Anne!«, rief Greta furchtlos. Ich blickte sie erstaunt an. Das Tier reckte den Kopf in die Höhe und schaute Greta in die Augen, als ob es ihre Ansprache verstanden hätte. Schließlich rief es laut, bewegte sich langsam auf das einlaufende Wasser zu und schwamm schließlich fort. Greta blickte ihr lange nach, senkte dann den Blick und ergriff meine Hand. Ich spürte, dass sie jetzt froh war, nicht alleine zu sein. Wir liefen schweigend zurück auf den Deich und ich hörte sie leise schluchzen. Sie ließ meine

Hand los, schaute mich an und sagte leise »Danke.«

Am folgenden Morgen bat sie mich, bei ihr in der Küche zu frühstücken, wenn mir das nichts ausmachen würde. Ich freute mich, vermutlich genau wie sie, nicht alleine sein zu müssen, und mir mangelte es an nichts. Schließlich genoss ich ihre Gesellschaft sehr. Greta faszinierte mich. Als ich fertig gegessen hatte, fragte sie mich, ob sie mir einige alte Fotos von Anne und den Seehunden zeigen dürfe. Ich willigte ein, denn auch ich wollte mehr über dieses seltsame Mädchen und die Geschichten um das Lied und die Meerjungfrau erfahren.

Eines der Bilder zeigte mehrere ältere Herrschaften, die elegant angezogen waren und sich mit Anne unterhielten, während sie zwei kleine Robben im Wasser beobachteten.

»Weißt du, Peter, man erzählte sich, dass Anne sich mit den Robben unterhalten konnte. Sie hielt sich gerne an der Kaimauer des kleinen Hafens auf und beobachtete die Tiere. Sie wusste auch immer, wenn sich eines davon nicht wohl fühlte, wenn es zum Beispiel um seine Eltern trauerte, die von den Robbenjägern erschlagen wurden. Sie standen ja damals nicht unter Schutz. Im Gegenteil, es war ein Kopfgeld auf sie ausgesetzt worden. Ihre Felle waren begehrt. Und die Robben klauten, so erzählte man sich damals, den Fischern den Fang weg.«

»Kann ich mir heute nicht mehr vorstellen.«

»Das war aber so. Aber es gab ja Anne, die sich in ihrem kurzen Leben für diese Tiere einsetzte.«

»Wie starb Anne schließlich?«

»Um ihren Tod gab es viele Gerüchte. Natürlich kam auch ein Gendarm aus Cuxhaven, um sich das tote Mädchen anzuschauen, nachdem man es gefunden hatte. Und er konnte nicht nachweisen, dass ihr Gewalt angetan wurde. Wollen wir zusammen ein Stück spazieren gehen? Ich kann dir auf dem Weg nach Scharhörn im Watt dann was zeigen.«

»Gerne. Ich habe sowieso nichts anderes vor, und möchte aber auch nicht gerne alleine sein.« Sie lächelte mich an und sagte: »Gut, dann treffen wir uns in zehn Minuten vor der Tür.« Ich packte mir eine Flasche Wasser und eine Packung Kekse als Wegzehrung ein, zog meine Stiefel sowie die dicke Wind- und Regenjacke an und traf Greta.

»Ich möchte dir gerne die Stelle zeigen, wo man Anne damals mit ihrer Kopfverletzung fand«, sagte sie, hakte sich bei mir ein, und wir marschierten los. Wir hatten vor drei Stunden Hochwasser gehabt, so konnten wir uns gefahrlos ein Stück hinaus auf das Watt begeben. Wir waren so ungefähr eine dreiviertel Stunde marschiert, als Greta stehen blieb.

»Es muss damals ungefähr hier an dieser Stelle gewesen sein. Hier hatte man das Kind mit der Kopfverletzung gefunden, und zwar zwei Tage, nachdem es vermisst gemeldet wurde. Ihr kleiner Körper lag im Sand. Zwei Robben hielten sich in der Nähe auf, als man sie fand. Es wurde damals erzählt, die Robben hätten auf das Kind aufgepasst.

Aber die Stelle war für sie ungewöhnlich, denn Anne hielt sich nie alleine so weit draußen auf, aber gerne in der Nähe von Neuwerk, wo sie bei Ebbe auf einer Sandbank die Robben beobachtete. Vielleicht hatte sie sich auch gefürchtet und deshalb das Lied gesungen. Oder aber sie konnte diese bezaubernde Melodie an die Tiere gewöhnen und sie somit zutraulicher machen. Ich weiß es nicht.«

»Wie kam Anne denn zu Tode?«

»Als man sie fand, hatte sie eine große Wunde am Kopf. Einige erzählten, dass Robben diese Wunde in sie hinein gefressen hatten. Andere hielten das für unwahrscheinlich. Damals lebte eine verwirrte Frau auf der Insel, die sich panisch vor Robben fürchtete. Sie hatte ihren Mann auf der Robbenjagd verloren, kam darüber nicht hinweg und tötete deshalb mit einem Holzschläger alle Robben, derer sie habhaft werden konnte. Man hatte sie auch damals zu Annes Tod befragt, schließlich liebte das Mädchen ja die Robben, sie konnte aber darauf keine eindeutigen Angaben machen, weshalb der Verdacht dann relativ schnell von ihr genommen wurde. Im Volksmund aber blieb der Verdacht bestehen, und als dann Hitler an die Macht kam, meldete man sie und sie wurde schließlich in eine sogenannte Irrenanstalt eingeliefert. Dann verlor sich natürlich ihre Spur.«

»Natürlich?«

»Man vermutet Euthanasie.«

»Und jetzt singt Anne immer noch.«

»Weißt du, Peter, ich glaube, es gibt Dinge zwischen Himmel und Erde, die der Mensch nicht greifen kann.«

»Und nicht begreifen.«

»Ja.« Greta drückte meine Hand fest und zog mich zu sich heran. Ich nahm sie in meine Arme. Es wehte ein leichter Südwind. Mir ging eine Melodie durch den Kopf, ein romantisches Liebeslied. »*Es löscht das Meer die Sonne aus.*«

Zärtlich näherte sie ihren Kopf dem meinen. Ihre spröden Lippen, ihre Zunge, ihre feuchte Wärme schmeckten so salzig wie das Meer, das mich nicht mehr verlassen wollte. Wir lösten uns nach einem langen Kuss wieder voneinander, setzten uns auf eine trockene Stelle, erfrischten uns am mitgebrachten Mineralwasser und aßen die Kekse auf. Frische Luft machte schließlich hungrig. In einiger Entfernung sahen wir die kleine Meerjungfrau. Sie zu sehen, erzeugte in uns eine melancholische Ungewissheit. Was würde geschehen?

Die Zeit auf der Insel verging wie im Fluge. Ich verbrachte kaum eine Minute ohne Greta, die ich in mein Herz geschlossen hatte.

Tage nach meiner Rückkehr rief sie mich an. Sie plante eine Fahrt nach Süddeutschland, da es im Spätherbst und Winter nur wenig Arbeit auf Neuwerk gab und wollte mich für ein paar Tage besuchen. Sie erzählte mir, dass Anne leider wieder einmal Recht behalten hatte. Am Tag nach meiner Abfahrt entdeckte man einen leblosen Körper im Watt. Es handelte sich um einen älteren Mann aus Hamburg, der schon seit einigen Tagen vermisst wurde. Obwohl ich mich mit Gretas Hilfe bemüht hatte, etwas Licht in Annes Geheimnis zu bringen, gelang mir dies nicht. In Zusammenhang mit dem Leichenfund hatte dann eine große Hamburger Tageszeitung ein Bild von der Robbe veröffentlicht, das Greta bei unserem Spaziergang aufgenommen hatte.

Greta. Eine Frau von der Insel. War ich schon bereit für eine neue Beziehung? Auf jeden Fall freute ich mich sehr auf ihren Besuch.

Cape Flattery, das schmeichelnde Kap

Gold

Seattle, in den späten Nachmittagsstunden des Donnerstag, 15. Juli 1897

Das Telegramm kam heute Mittag aus San Francisco. Absender war Thomas Miller, Redakteur beim *California Intelligencer*, der führenden Tageszeitung in San Francisco, mit der die *Seattle Morning Post* zusammenarbeitete. »Riesige Goldfelder am Klondike entdeckt«, begann der Text.

Matthew Porter, Chefredakteur der *Seattle Morning Post* und Freund des Absenders, hatte Jason O'Connor zu sich ins Büro gebeten und ihm die Nachricht vorgelegt. O'Connor war Journalist und Reporter bei der *Seattle Morning Post* und mit seinen siebenundzwanzig Jahren immer daran interessiert, Neuigkeiten auszukundschaften und Skandale aufzudecken. Wegen seines exzellenten Schreibstils wurden seine Berichte von den Lesern verschlungen.

»Der Dampfer Olympia kam gestern mit einigen Goldgräbern aus St. Michael in Alaska an. Alle Heimkehrer sind reich! Sie bringen Gold im Wert von insgesamt siebenhundertfünfzigtausend Dollar mit! Wenn das mal keine Schlagzeile ist, fress' ich 'nen Besen!«, polterte Matthew Porter jovial und zog an seiner Zigarre. »Ich hab gleich mal ein Extrablatt drucken lassen. Das wird heute Abend noch verteilt. Hier, Jason, lies!«

»Klondike, Alaska. Ein Märchen wird wahr.« In der Folge wurde die Ankunft des Dampfers in San Francisco beschrieben. Den Goldgräbern war ein sensationeller Empfang geboten worden. Konrad Mercury, ein junger Mann aus Seattle, sei unter den glücklichen Goldgräbern gewesen.

»Konrad Mercury, sieh mal einer an«, sagte Jason.

»Genau. Der junge Herr Lehrer aus Seattle. Ist jetzt fünfundsechzigtausend Dollar reicher. Wie ich ihn kenne und einschätze, wird er sich aber nicht darauf ausruhen. Sicherlich besorgt er sich Ausrüstung und Vorräte und kehrt dann wieder an den Yukon zurück.«

Matthew Porter schaute Jason in die Augen. »Und dann noch etwas. Aber das ist vorläufig noch geheim.«

»Und das wäre?«, fragte Jason neugierig.

»Unser Bürgermeister wird nicht wieder nach Seattle zurückkehren.«

»Verflucht nochmal. Der ist doch auf der Konferenz in San Francisco.«

»Du hast es erfasst. Heute Morgen kam ein Telegramm von ihm, in dem er seinen Rücktritt erklärt. Er fährt mit dem nächsten Dampfer, der San Francisco verlässt, nach St. Michael, um am Klondike Gold zu suchen. Dieser Lump überlässt hier nicht nur eine Stadt mit sechzigtausend Einwohnern, sondern auch seine Familie ihrem Schicksal. Dazu noch die Eisenbahnlinie, für die er lange gekämpft hatte. Und die Stadt explodiert förmlich seit den ersten Goldfunden im Norden. Die Eisenbahn bringt zunehmend Menschen zu uns, die entweder hier leben oder per Schiff nach Norden weiterziehen wollen. Da trägt man doch als Bürgermeister Verantwortung«.

»Ja, die Northern Railroad. Die Eröffnung hatten wir alle gefeiert, als der erste Zug hier eintraf.« Jason O'Connor riss kleine Papierfetzen von einem Block ab und zerkrümelte sie zwischen seinen Fingern. Eindeutig ein Zeichen dafür, dass er nervös und konzentriert zugleich war.

»Noch etwas«, meinte Matthew Porter und näherte seinen feisten Kopf vertraulich zu Jason O'Connor herüber, dem dies sichtlich unangenehm war.

»Die *Portland* wird spätestens übermorgen aus St. Michael, Alaska, hier eintreffen, mit einer Ladung Gold und einigen Goldgräbern, die am Klondike fündig geworden waren. Und da kommen Sam und du ins Spiel.«

Sam war Matthew Porters Sohn und zählte zu den besten Fotografen nördlich von San Francisco. Seine Landschaftsbilder und Porträts waren perfekt inszenierte Kunstwerke, deren Schärfe und Gestaltungstiefe sogar schon in New York bekannt waren.

»Aha.« Jason war gespannt, welche Überraschung ihn jetzt erwartete. »Ihr beide fahrt der *Portland* entgegen. Ich hab für euch den Schlepper *Sea Lion* gechartert.«

»Was sollen wir tun?«

»Sobald die *Portland* in Sicht kommt, gebt ihr die Dampfsirene, und Sam und du gehen an Bord. Sam macht Bilder von den vielen Glücklichen, und du versuchst, ihnen ihre sogenannten Geheimnisse zu entlocken. Du kannst das, du kennst den Menschenschlag«. Jason lächelte, denn er fühlte sich geehrt.

»Und ihr werdet auf der *Sea Lion* noch zwei Mädels mitnehmen«, fuhr Matthew fort. »Wir wollen den Goldgräbern die letzten Stunden der Fahrt so angenehm wie möglich machen. Ich hab mit Kathy Woodstock vom *The Washington Inn* gesprochen. Sie schickt ihre besten Pferdchen Sally und Lizzy mit an Bord. Schließlich soll das für sie auch Werbung sein, denn der eine oder andere wird ihr Etablissement besuchen und einen Teil seines Goldes dort lassen. Die Kerle mussten in Alaska in jeder Hinsicht enthaltsam leben«. Matthews fettes Gesicht schwoll grinsend zur Fratze an.

»Sally!« Jason lächelte. Die Aussicht, mit ihr ein paar Stunden zu verbringen, gefiel ihm.

»Ja! Freue dich drauf!« Matthew Porter blies Zigarrenqualm aus. Sally war für Jason so etwas wie eine Freundin. Er hatte sich mit ihr oft im Zuge von Recherchen unterhalten. Sie war seine Informantin, wenn es um Prostitution ging. Zudem konnte er sich mit ihr über alle möglichen Themen unterhalten. Ob er sie liebte, wusste er nicht so genau, und ob sie ihn liebte, noch viel weniger.

Bisher hatte er nur ein einziges Mal mit ihr geschlafen, nachdem sie sich letztes Jahr einen Abend lang über die Aktivitäten von Muddy Sam unterhielten. Muddy Sam war ein Räuber gewesen, der die Stadt durch Banküberfälle verunsichert hatte.

Jasons Artikel hatte damals verhindert, dass Muddy Sam verhaftet werden konnte, denn am selben Tag, als der Artikel in der *Seattle Morning Post* erschien, buchte dieser unter falschem Namen ein Ticket auf der *North Star* und verschwand. Alaska und die Yukon Territories, die zu Kanada gehörten, waren damals gesetzlos, und so konnte Sam dort untertauchen und seine Spur verlor sich in der Unendlichkeit der Tundra.

»Die *Portland* wird also übermorgen hier eintreffen. Und jetzt kommt noch eine weitere Gemeinheit auf dich zu, mein lieber Jason.« Matthew Porter stand auf und holte eine Flasche Whisky und zwei Gläser aus dem Schrank.

»Ich will noch ein Extrablatt heraus bringen, bevor der Dampfer hier eintrifft.« Matthew schenkte ein und reichte Jason sein

Glas. »Du wirst ein, zwei Stunden an Bord bleiben und die Leute interviewen, die am meisten Gold im Sack haben. Es wird nicht schwer sein, dies heraus zu finden, denn in aller Regel prahlen die Goldgräber mit ihrem Erfolg. Das ist im Übrigen nicht ohne Risiko. Aber was solls, für uns ist das allemal gut für eine Schlagzeile.«

»So weit, so gut. Es ergibt sich nur eine Schwierigkeit. Ich müsste den Text von unterwegs aus durchgeben, damit er dann hier gedruckt werden kann. Als einzige Station bietet sich Port Townsend an.«

Jason prostete Matthew zu und nahm einen Schluck.

»Gut erfasst, mein Junge. Es gibt nur diese einzige Möglichkeit. Du verbringst nicht allzu viel Zeit auf der *Portland*, sondern verlässt den Kahn nach ein, zwei Stunden wieder. Die *Sea Lion* bringt dich auf dem schnellsten Weg nach Port Townsend zurück, und du setzt die Nachricht von dort aus ab. Die *Portland* macht in der Straße von Juan de Fuca maximal acht bis zehn Knoten, die *Sea Lion* bis zu vierzehn. Das ist fast doppelt so schnell. Du wirst für die siebzig Meilen von dem Punkt an, wo du die *Portland* wieder verlässt, bis Port Townsend unter Volldampf circa fünf Stunden benötigen. Drei oder vier Stunden später wirst du die *Portland* dann vorbei fahren sehen und kannst Sally winken, wenn du magst.«

Matthew Porter schwenkte sein Glas und

betrachtete intensiv die Farbe des Whiskys. »Flüssiges Gold«, sinnierte er.«

Beide Männer schwiegen einige Augenblicke lang, bevor Matthew Porter wieder das Wort ergriff.

»Ich hab Weisung gegeben, dass die *Sea Lion* unter Volldampf fährt. Dann müsste das zu schaffen sein. Das Telegrafenbüro in Port Townsend ist besetzt, du musst dich nur bemerkbar machen, wenn du ankommst. Es wird wahrscheinlich Nacht sein«.

»Wer wird hier im Büro sein, um meine Meldung entgegen zu nehmen?«

»Das mache ich höchstpersönlich. Du gibst mir per Telefon die Details durch. Ich schreib dann kurz den Text und gib das in den Druck. Nach zwei Stunden spätestens kann das Blatt verteilt werden. Ich hab die Auflage dafür mal mit fünftausend angesetzt. Die müssten schnell weg sein. Und ich wette mit dir, dass vor Ankunft der *Portland* schon eine recht ansehnliche Menschenansammlung am Kai bereit stehen wird, und zwar schon mit Informationen über diejenigen, die gerade ankommen«.

»Du bist und bleibst ein alter Fuchs.«

»Du weißt, der frühe Vogel fängt den Wurm. Das gilt ganz besonders für uns Zeitungsleute.«

»Matthew, ich mach mich allmählich auf die Socken. Eine Mütze Schlaf kann vor so einer Aktion nicht schaden.« Matthew nickte

Jason zu, der sich erhob, sein Glas leerte und das Büro verließ.

Die Nacht war dunkel und ruhig. Nichts deutete darauf hin, was in wenigen Tagen hier los sein würde, dachte Jason, als er am Hafen die schwarzen Wellen leise schmatzend und glucksend gegen die Kaimauern schlagen hörte. Hier und dort huschte eine Ratte vor ihm fiepend über den Weg. Geschöpfe der Dunkelheit, dachte er, als er sich eine Zigarette anzündete und in die Nacht hinaus schaute.

Der Puget Sound lag ruhig vor ihm. Morgen Abend würde er wahrscheinlich einhundertzwanzig Seemeilen von hier auf dem offenen Pazifik sein und vielleicht gerade über eine waghalsig herunter hängende Strickleiter auf die *Portland* umsteigen, zusammen mit Sam, Lizzy und ... Sally!

Seattle, in den frühen Morgenstunden des Freitag, 16.Juli 1897

Die jungen Leute trafen sich am Hafen und liefen gemeinsam zum Kai, wo die *Sea Lion* in der Dämmerung der zu Ende gehenden Nacht bereits auf sie wartete. Die Seeleute halfen ihnen beim Einstieg. Insbesondere die empfindliche Fotoausrüstung erforderte einige Vorsicht beim Verladen. Die *Sea Lion* fuhr sofort ab und gleitete mit Volldampf über ruhiges Wasser in den Puget Sound hinein. Möwen umkreisten das Schiff und machten mit lauten Rufen auf sich aufmerksam. Im Osten brach die aufgehende Sonne hinter bewaldeten Hügeln hervor.

Der schneebedeckte Gipfel des Mount Baker erhob sich majestätisch aus dem Nebel. Der Schnee, der dort in zehntausend Fuß Höhe das ganze Jahr über lag, verwandelte sich durch die Kraft der Sonne und des Einfallswinkels deren Lichtes in einen rot leuchtenden, nach oben weisenden Pfeil.

Die kleine Maschine stampfte unaufhörlich und entließ ihre Dampfwolken in den morgendlichen Himmel über den Puget Sound, der Seattle mit der Seestraße von Juan de Fuca und schließlich mit dem Nordost-Pazifik verband. Sie passierten verschiedene Ortschaften und Häfen entlang des Sundes, um an Hansville vorbei schließlich Port Townsend zu erreichen. Hier mündete der Puget Sound in die Straße von Juan de Fuca. Vor ihnen erstreckte sich die zerklüftete Inselwelt von San Juan, an der vorbei der Schifffahrtsweg über die nahe kanadische Grenze nach Vancouver verlief. Die *Sea Lion* aber ließ das Leuchtfeuer von Port Townsend backbord und die Inseln von San Juan steuerbord liegen, um nach Westen in die Straße von Juan de Fuca einzuschwenken.

Vierzig Seemeilen waren jetzt bereits zurückgelegt, für die sie knapp drei Stunden benötigt hatten. Neunzig Seemeilen lagen noch vor ihnen bis zum Treffen mit der *Portland*. Jason errechnete, dass der Schlepper also mit circa dreizehn Knoten unterwegs war. Da ein Knoten einer Seemeile entsprach, und die Entfernung noch circa neunzig Seemeilen betrug, errechnete er so eine verbleibende Zeit von etwas unter sieben Stunden. Wo würden sie die *Portland* erwischen?

Jason O'Connor riss an der Reling ein Streichholz an. Mit seiner Zigarette blies er kleine Rauchwölkchen in die Morgenluft. Sam Porter lehnte neben ihm an der Reling. In einiger Entfernung sahen sie eine Gruppe von Schwertwalen, die hier häufig zu beobachten waren. Sam brachte hastig seine Kamera in Stellung. Die großen Tiere durchschnitten pfeilschnell die Wasseroberfläche, um zu atmen und anschließend, Strudel erzeugend, wieder abzutauchen.

Sam betätigte den Auslöser in dem Augenblick, als ein Schwertwal unmittelbar vor ihnen auftauchte. Jason war sehr gespannt auf die Aufnahme, die sicherlich morgen Vormittag zusammen mit den Aufnahmen der glücklichen Goldsucher entwickelt würden. Da die Kamera eine recht lange Belichtungszeit benötigte, würde die Bewegung des Tieres sicherlich verschwommen, eher als Schatten, auf dem Bild erkennbar sein.

Gold. Der Gedanke ließ Jason nachdenklich werden. Zum einen würde er sich gut überlegen müssen, wie seine persönliche Zukunft aussah. Würde er so ein Abenteuer durchstehen? Und dann die Stadt, das Land. Wie würde diese Nachricht das Leben in Seattle verändern? Er kannte die Menschen dort wie kein anderer. Geschäftsleute, Seemänner der Pazifikrouten, Walfänger, Küstenfischer. Meist raue, derbe Gesellen, die sich für kein Abenteuer zu gut waren. Matthew Porter hatte Proviant für die Zeit auf dem Schlepper sowie zwei Kisten Whisky für die Goldgräber auf der *Portland* bestellt, um alle bei Laune zu halten.

Die *Sea Lion* fuhr entlang der Grenze zu Kanada, und Jason konnte nördlich am Horizont die Stadt Victoria in British Columbia erkennen. Im Hintergrund, immer noch drohend, Mount Baker. Der Berg schwebte über einer undurchdringlichen Dunstschicht am Horizont.

Südlich erschien jetzt Port Angeles, Washington. Eine kleine Häuseransammlung in der Nähe des Leuchtfeuers wies auf die Siedlung hin. Die Straße von Juan de Fuca verengte sich hier auf wenige Meilen Breite, und die lieblichen bewaldeten Hügel der Halbinsel Olympia im Süden wiesen bereits darauf hin, dass sich Cape Flattery, das schmeichelnde Kap, in nicht mehr allzu großer Entfernung befand.

Sally lehnte neben Jason an der Reling, sie rauchten gemeinsam abwechselnd eine Zigarette.

»Was denkst du?«, fragte sie ihn unvermittelt.

»Worüber?«

»Alaska. Beziehungsweise den Klondike River.«

»Ein großes Abenteuer. Weiter nichts.«

»Meinst du?«

»Sally, du wirst hören, was die Goldgräber erzählen. Ich sage dir aber jetzt schon, dass ganz wenige Leute großes Glück haben, etwas mehr haben kleines Glück und sehr, sehr viele werden noch viel ärmer heimkehren, als sie vorher waren. Die erbarmungslose Natur dort oben bringt ihnen kein Geld, sondern nur Krankheit oder Tod, vielleicht bestenfalls Neid und Missgunst. Und es kommt noch eine Tatsache hinzu: Die Indianer, die dort oben leben, machen uns die Sache auch nicht einfacher. Die werden auf ihre seit Jahrtausenden existierenden Eigentumsrechte bestehen. Und man weiß noch nicht, was das Gold für sie bedeuten wird.«

»Trotz alldem reizt es mich, dorthin zu gehen.«

»Sally! Du bist verrückt. Was willst du dort oben als Frau?«

»Was wohl? Gold suchen sicherlich nicht. Nein, ich lasse andere für mich suchen. Den ganzen Tag lang. Und abends haben sie dann andere Bedürfnisse. Ich bringe Whisky und Champagner nach oben. Und vielleicht noch ein paar Mädels. Du wirst schon sehen, das Gold wird dann direkt zu uns kommen. Wir müssen uns nicht bücken.«

»Eins muss man dir lassen: Mut hast du.« Er nahm sie in die Arme und küsste sie zärtlich.

In den späten Nachmittagsstunden erreichten sie Cape Flattery, das schmeichelnde, das zarte Kap. Hier an dieser Stelle hörten die bewaldeten Hügel abrupt auf und der pazifische Ozean öffnete sich sanft, ruhig und friedlich.

Von der *Portland* noch keine Spur. Den Himmel beherrschte ein überwältigendes Abendrot, mit dem sich die untergehende Sonne in die Nacht verabschiedete. Die golden schimmernden Fluten des Pazifiks ertranken in diesem Himmelslicht. Schwärme von Seemöwen umkreisten die kleine *Sea Lion*, die ruhig im Brackwasser vor Cape Flattery dümpelte.

Jason und Sally saßen nebeneinander auf einer Bank an Bord und genossen schweigend die Abendstimmung. Jason hatte seinen rechten Arm um ihre Schulter gelegt, sie suchte bei ihm Schutz vor dem leichten Abendwind, der jetzt sanft vom Meer her aufkam. Cape Flattery, das schmeichelnde Kap. Durch das Licht der untergehenden Sonne wurde das Meer in Gold getaucht.

Einige Schwertwale begannen von neuem ihr Spiel. Die mächtigen Tiere jagten sich scheinbar mühelos durch das Wasser, plötzlich empor schnellend, scheinbar fliegend, um dann begleitet von einem mächtigen Schlag ihrer großen Schwanzflosse wieder im Meer zu versinken.

Jason und Sally verfolgten dieses Naturschauspiel gedankenverloren. Sam Porter und Lizzy hatten sie schon lange nicht mehr gesehen. Stattdessen hörten sie leises Kichern aus dem Mannschaftsraum, unterbrochen von nur allzu menschlichen glucksenden Geräuschen. Jason und Sally lächelten sich an und drückten sich die Hände.

»Sally, hier hast du dein Gold!«

»Hmm« antwortete sie. »Aber das wird bald im Meer versinken. Was meinst du, kommt die *Portland* noch, oder müssen wir unverrichteter Dinge wieder heimkehren?«

»Wir warten hier. Die wird schon kommen.«

So vergingen die Stunden. Es war nicht kalt, trotzdem wärmten sich beide, aneinander geschmiegt. Das sanfte Schaukeln des Schleppers wog beide in einen leichten Schlaf.

Captain James Hillary ließ die Maschinen drosseln. Die *Portland* näherte sich dem Leuchtfeuer von Cape Flattery, das die Einfahrt in die Straße von Juan de Fuca markierte. In wenigen Stunden würden sie Seattle erreichen. Die Stimmung an Bord konnte nicht besser sein. In den Passagierräumen wurde unablässig gefeiert. Man hatte in St. Michael ein Klavier mit an Bord genommen, das den ganzen Tag bespielt wurde. Der Whisky floss in Strömen, und der Vorrat neigte sich aus diesem Grund bereits jetzt dem Ende zu.

Ein Schlepper näherte sich von backbord. Der Steuermann betätigte unablässig die Dampfsirene. Was mochte er wollen? Hillary dachte an die ohnehin schon recht knappen Vorräte an Kohle und Whisky und begab sich an die Reling, um Kontakt mit der *Sea Lion* aufzunehmen.

»Ich möchte mit Captain James Hillary sprechen«, ließ sich eine Stimme von Bord der *Sea Lion* vernehmen, die jetzt parallel zur *Portland* fuhr.

»Der bin ich. Was wollen Sie? Wir haben nicht viel Zeit.«

»Ich weiß. Ich bin Jason O'Connor von der *Seattle Morning Post.* Wie ich hörte, kommen Sie aus Alaska.«

»Sieht ganz so aus«, rief Hillary hinunter. Aber was wollen Sie?«

»Ich möchte an Bord kommen und ihren Passagieren ein paar Fragen stellen. Wie ich ebenfalls hörte, sind einige reiche Leute darunter. Wir haben zwei Mädels dabei, die sie die letzten Stunden etwas unterhalten sollen. Außerdem noch zwei Kisten Whisky, denn wir denken, dass ihr Vorrat etwas zusammengeschmolzen ist ...«

Statt einer Antwort kamen Taue von der Bordkante der *Portland* geflogen, und die Mannschaft der *Sea Lion* konnte den Schlepper an der Bordwand festmachen. Anschließend wurde krachend eine Eisenleiter herabgelassen und Sally, Lizzy, Jason und Sam mit seiner schweren Ausrüstung bestiegen den Dampfer.

Trotz des gemeinsamen Schicksals waren die Männer hier an Bord recht unterschiedlicher Natur. Eric Hanson, der Schöngeist mit den groben Händen. Seine klare und helle Stimme begleitete den Klavierspieler an manchem Abend, er sang die Lieder auswendig. Es waren Operettenklänge, die in Europa gerade en vogue waren. Er sang durchweg in Originalsprachen englisch, deutsch und französisch. Eric Hanson trank nie auch nur einen einzigen Schluck Alkohol. Wie er immer wieder betonte, würde das seiner Stimme schaden.

Jeff Higgins, sein Partner, trank dafür etwas mehr. Er war mehr der Mann fürs Grobe. Er packte an, wo auch immer es etwas zu holen gab. Und man sah ihn nie ohne seine Pistole. Beide hatten vor zwei Jahren den unglaublich schwierigen Weg über den Chilkoot Trail genommen, waren im Herbst 1896 nach Dawson gezogen, um schließlich am Klondike River fündig zu werden. Sie holten Nuggets und Goldstaub im Gesamtwert von Einhundertachtundachtzigtausend Dollar aus dem Boden. Sie könnten sich eigentlich zur Ruhe setzen. Aber sie hatten noch mehr vor, wollten ihr Gold in Seattle bei der Nationalbank einbezahlen und mehr Ausrüstung kaufen, um ihren Claim weiter und effektiver auszubeuten.

Jeff Harper, der Musiker. Das Klavierspiel hatte er in San Francisco erlernt. Sein Vater hatte damals in Kalifornien bereits nach Gold gegraben und war dann in den Achtziger Jahren nach Seattle gezogen. Jeff hatte weniger Glück. Sein Vater starb bei der Überquerung des Chilkoot-Passes an Schwäche, und Jeff schloss sich mit seiner nun doppelt so schweren Ausrüstung einer Gruppe junger Männer an, die ebenfalls am Klondike fündig wurden. Sein Anteil hatte einen Wert von zweitausend Dollar. Für diesen Betrag, so teilte er Jason mit, könnte er sich am Stadtrand von Seattle zehn Häuser kaufen.

»Zehn Häuser!«, wiederholte Jason und notierte Jeffs Angaben.

»Ich kaufe aber nur fünf. Den Rest des Geldes behalte ich für eventuelle Renovierungsarbeiten an den Häusern. Schließlich will ich die ja teuer vermieten. Da muss man was tun.«

Jason nickte bestätigend und zog nachdenklich an seiner Zigarette. Zehn Häuser, und dafür hatte Jeff nur ein Jahr lang gearbeitet. Und hatte nur ein kleines Vermögen mit nach Hause gebracht. Jason dachte an Sally und sich.

»Kehren Sie nach Alaska zurück?«

»Keinesfalls. Ich ließ meinen Vater am Chilkoot-Trail und habe keine Lust, ebenfalls einmal so zu enden. Mir ist der Spatz in der Hand lieber als die Taube auf dem Dach.«

»Wie wahr«, meinte Jason halblaut.

Jason blickte sich im Raum um. Jeff ging wieder an das Klavier und spielte weiter, was im Raum wegen des Lärms kaum auffiel. Die Whiskyflaschen kreisten, und Sally und Lizzy wurden von den betrunkenen und ungepflegten Gestalten des Nordens umschwärmt. Sam hatte sich mit seiner Kamera in eine ruhige Ecke zurückgezogen und fotografierte einen Goldsucher nach dem anderen, jeweils mit ihren Säckchen voller Nuggets oder Goldstaub vor sich aufgetürmt.

Einige der Goldgräber wollten nicht mit Jason reden, denn sie waren der Ansicht, dass ihr Schicksal nicht jeden in Seattle etwas anginge.

Nachdem er die notwendigen Informationen für seinen Artikel gesammelt hatte, begab sich Jason zurück auf die Brücke. Er gab dem Captain James Hillary ein Zeichen, dass er zurück auf die *Sea Lion* wollte, um die Heimfahrt anzutreten. Von Sally, Lizzy und Sam verabschiedete er sich nicht, denn er wollte sein Mädchen nicht wieder in den Armen der betrunkenen Goldgräber sehen. Er war auf der Fahrt zu der Einsicht gekommen, dass er sie liebte. Allein der Gedanke daran, Sally in den Armen der Betrunkenen nochmals zu sehen, ließ bei ihm Eifersucht aufkeimen.

Sally wollte nach einiger Zeit nach Jason sehen, entdeckte aber am Tisch, wo er gesessen und die Interviews geführt hatte, nur einen Haufen kleiner Papierfetzen. Kopfschüttelnd und lächelnd betrachtete sie die Schnipsel und blies sie mit sanften Gedanken auf den Boden. Sie merkte daran, dass Jason ein Problem hatte.

An Bord des Schleppers gab Jason das Zeichen zur Abfahrt. Er machte sich unverzüglich an die Arbeit und entwarf einen größeren Artikel, der in den nächsten Tagen erscheinen könnte. Schicksale einzelner Goldsucher sollten hier schonungslos dargestellt werden.

Hatte er als Journalist und Redakteur nicht auch die Verantwortung, Menschen vor realen Gefahren zu warnen, Menschen, denen durch die zu große durchlebte Armut der Bezug zu den Risiken im hohen Norden nicht sichtbar war? Sicherlich, die Erfolgsgeschichten ließen sie zu Hoffnungen hinreißen, die sich in seltenen Einzelfällen als begründet herausgestellt hatten. Stellte er allerdings diese Einzelfälle als die Regel hin, so fühlte er sich als Betrüger. Dennoch schrieb er weiter.

Am Ende hatte er beinahe zwanzig Seiten, die er zu Hause überarbeiten würde. Der Grundstein war gelegt.

Port Townsend, in den frühen Morgenstunden des Samstag, 17.Juli 1897

Kurz vor Port Townsend begab er sich an die Reling. Es war jetzt zwei Uhr morgens. Er gönnte sich eine Zigarette und ließ einige Fragen vor seinem inneren Auge vorbeiziehen. Schließlich packte er seine Sachen. Die *Sea Lion* legte am Kai von Port Townsend an, und der Captain erklärte Jason den schnellsten Weg zum Telegrafenbüro.

Ein älterer Mann öffnete ihm schlaftrunken. Er stellte keine Fragen, sondern vermutete gleich, dass es sich bei dem nächtlichen Besucher um den Reporter der *Seattle Morning Post* handelte und zeigte ihm den Weg zum Telefonapparat. Im Büro duftete es nach frisch aufgebrühtem Kaffee, wie Jason zufrieden feststellte. Sicherlich könnte er sich eine Tasse erbeten.

Matthew Porter war sofort am Apparat, als die Verbindung hergestellt war. In kurzen, knappen Sätzen erläuterte Jason ihm, was er in Erfahrung gebracht hatte. Er konnte sich Matthews feistes Grinsen regelrecht vorstellen, als dieser zufrieden grunzte und etwas

Ähnliches wie ein Danke murmelte, bevor das Gespräch beendet wurde.

Die Uhr war mittlerweile auf drei Uhr vorgerückt, als sich der alte Mann zu Jason an den Schreibtisch setzte und eine Tasse Kaffee vor ihn hinstellte. Jason war sehr müde, und der alte Mann alles andere als gesprächig. So tranken beide in Ruhe ihren Kaffee aus.

Als Jason sich daran machte, wieder zum Hafen aufzubrechen, zog sich der alte Mann einen Mantel über, setzte sich seinen Zylinder auf den Kopf und begleitete Jason zum Hafen. Sie liefen sehr langsam, setzten sich auf eine Holzbank am Kai vor der *Sea Lion* und betrachteten die Einmündung des Puget Sound in die Straße von Juan de Fuca. Die Mannschaft der *Sea Lion* war trotz der nächtlichen Stunde dabei, Kohle zu laden und Wasser zu tanken. Sie würden noch eine ganze Weile beschäftigt sein.

»War ein verdammter Abenteurer, dieser Juan de Fuca«, eröffnete der Alte das Gespräch.

»Hm«, grunzte Jason und bot ihm eine Zigarette an, die er dankbar annahm.

»Das ist jetzt mehr als dreihundert Jahre her, dass er sich hier oben herumtrieb«.

»Was hatte er hier gesucht?«, fragte Jason, der schon wieder eine Story witterte.

»Was alle hier suchten. Die Nordwestpassage zum Atlantik in Richtung Europa.«

»Und die fand er natürlich nicht.«

»Natürlich nicht«, wiederholte der Alte.

Allmählich graute der Morgen. Die beiden Männer saßen immer noch an der Kaimauer, und ihnen fröstelte. Abermals erhob sich der mächtige Mount Baker im roten Morgenlicht, als sich von Ferne ein Dampfer näherte. Langsam und majestätisch glitt die *Portland* an ihnen vorüber, ihrem Ziel Seattle entgegen. An Deck stand eine Frau, schaute zu ihnen herüber und winkte kurz. Jason hatte bereits keinen Blick mehr für sie. Er gab dem alten Mann die Hand, bedankte sich und kletterte abermals an Bord der *Sea Lion*, die sich in Bewegung setzte. Jason bat den Captain, die *Portland* zu überholen, um vor Ankunft des Dampfers in Seattle einzutreffen.

Seattle, in den Vormittagsstunden des Samstag, 17.Juli 1897

Der Empfang im Hafen von Seattle war überwältigend. Matthew Porters Extrablatt hatte eingeschlagen wie eine Bombe. Eine große Menschenmenge hatte sich im Hafen versammelt, um aus erster Hand Informationen zu erhalten. Musikgruppen spielten, es herrschte eine unbändige Aufbruchstimmung. Jason mied die Menschenmasse, begab sich nach Hause und legte sich für einige

Stunden aufs Ohr. Schließlich stand er auf, machte sich frisch und kämpfte sich durch die belebten Straßen zum *The Washington Inn*, wo ihn Lizzy kurz begrüßte.

»Wo ist Sally?«, fragte er sie.

»Ich glaube, sie hat sich etwas zurückgezogen. Kann ich dir etwas zu trinken bringen?«

»Ein Bier wäre großartig.«

»Wird erledigt.« Lizzy gab Jason einen flüchtigen Kuss auf die Wange. »Du hast ihr ja ganz schön den Kopf verdreht.«

»Hmm«, gab Jason schmallippig zur Antwort und lächelte in sich hinein. Wie immer hatte Jason Papier und Bleistift dabei, machte sich Notizen und Skizzen und fing an zu träumen. Das Bier gab ihm Kraft und Ruhe gleichzeitig. Nach einer Weile kam Sam Porter an und legte einige frisch entwickelte Bilder vor Jason auf den Tisch. Es waren die Goldgräber dargestellt mit ihren Säckchen voll Goldstaub und Nuggets vor sich auf dem Tisch, aber auch recht freizügige Bilder von Lizzy und ... Sally. Jason schoss das Blut in den Kopf.

»So schlimm?«, fragte ihn Sam. Jason blickte ihn fragend an.

»Hab ich dir erlaubt, Sally so zu fotografieren?«

Sam konnte der Ohrfeige nicht mehr ausweichen und stürzte zu Boden, da diese sehr kraftvoll ausgeführt wurde. Er konnte es nicht glauben, stand auf, stieß dabei den

Tisch um, Flaschen und Gläser klirrten. Die anderen Gäste witterten bereits eine Schlägerei. Kathy Woodstock, die Besitzerin des *The Washington Inn,* war eine sehr resolute Frau und konnte mit größter Mühe die beiden Streithähne auseinander ziehen.

Sally stand in der Ecke. Ihr erster anfänglicher Schreck wich einem breiten, zufriedenen Lächeln, als sie zunächst den Haufen Papierschnipsel auf dem Boden liegen sah. Das konnte nur eines bedeuten, Jason O'Connor war in der Nähe. Vorsichtig lief sie zur Türe, da sie draußen die Stimme ihrer Chefin vernahm, die lautstark jemanden des Lokals verwiesen hatte.

Die Diskussion auf der Straße nahm aber erst ein Ende, als sie in der Tür erschien. Jason schüttelte den Schmutz der Straße von seiner Kleidung, setzte seinen Hut wieder auf den Kopf und ging auf Sally zu.

»Willst du immer noch nach Alaska?«, fragte er sie.

»Nur, wenn du mitkommst.«

»Sag bloß, du brauchst meinen Schutz.«

»Wo denkst du hin? Wenn dein Schutz so aussieht?« Sally deutete auf Sam und ihn und lachte laut auf.

»Weshalb dann?«

»Jason!«, sagte sie entrüstet. »Merkst du das nicht, du Dummkopf? Die Menschen hier brauchen jemand, der über Alaska berichtet.

Es muss Klarheit herrschen. Schreib Berichte. Schreib über das Leben dort. Und du, Sam, bist auch nicht besser. Schnapp dir deinen Fotoapparat und komm mit. Geht dorthin, wo etwas passiert. Riskiert etwas. Habt Mut, ihr zwei. Macht es wie Lizzy und ich. Kathy Woodstock leiht uns etwas Geld, und wir machen dort oben unseren eigenen Laden auf. Whisky und Tanz und ein bisschen Spaß.«

Die zwei jungen Männer schauten erst sich und dann die Mädels groß an.

»Und wir leben dort oben in Blockhütten?« fragte Sam.

»Genau, in Blockhütten. Wie alle anderen auch. Das ist sehr romantisch. Nur wir vier tun eben etwas anderes.«

Zielsicher ging sie auf Jason zu. Sie nahmen sich gegenseitig in die Arme und küssten sich, als gäbe es kein Morgen. Die Umherstehenden applaudierten und freuten sich.

Wenige Wochen später hatten die vier jungen Leute ihre Zelte in Seattle abgebrochen und fuhren auf der *Portland* nach St. Michael, Alaska.

Hinweis:

Die Geschichten *Atlantische Untiefen* und *Gold* lehnen sich in Teilen an historische Tatsachen an. Alles andere, insbesondere alle handelnden Personen wurden im Übrigen frei erfunden. Jede Ähnlichkeit mit lebenden oder historischen Persönlichkeiten ist rein zufällig.

Bildnachweise:
Seite 6, 31, 50: Alexander Courz
Seite 59: pixabay cape-flattery-50257_1920

Alexander Courz

...ist das Pseudonym eines unverbesserlichen Melancholikers und Träumers, der im Jahre 1957 in Aachen das Licht der Welt erblickte und nun schon seit vielen Jahren südlich von Stuttgart lebt. Er liebt seine Familie, seine Arbeit und die Natur und begann vor einigen Jahren mit dem Niederschreiben von Courz – haha! - Geschichten, Gedichten sowie einem historischen Roman. Und er ist wild entschlossen, diesen Roman eines Tages fertigzustellen und zu veröffentlichen.